무
당
엄
마

| 김재성 지음 |

무당 엄마

기구한 슬픈 운명을 가지고 태어난 여인.
그 여인이 바로 우리 엄마다.

바른북스

프롤로그 ———————————————

 기구한 슬픈 운명을 가지고 태어난 여인. 그 여인이 바로 우리 엄마다. 그녀가 태어났을 적엔 내가 없었던 바람에 잘 모르겠지만, 그녀의 인생 초반부터 중반을 넘어 중년에 이르기까지. 고생만 하다가 떠난 여인이다.
 무당이란 참, 뭐라 말을 할 수가 없는 직업인 것 같다. 돈으로만 생각하면 여자가 그보다 더 많이 벌 수 있는 직업은 없고, '삶'이라는 방향에서 보면 두 번 다시는 선택하지 말았어야 할 직업인 것 같다.
 엄마는 늘 말했다. "나는 다시 태어나도 무당을 하고 싶다."라고. 그런데 정말 지금도 그 생각이 바뀌지 않았을까? 아닐 것이다.

분명 엄마는 자기가 무당이 된 것을 후회하고 있을 것이다.

나 또한 그렇게 생각한다. 나는 그 누구보다 무당, 무속에 대하여 잘 알고 믿고 따랐다. 엄마보다 더 무당의 열두 신령을 섬겼다. 엄마보다 더 무속에 대해서 관심이 많아서 공부했고, 나중엔 엄마에게 내가 가르쳐 줄 정도였다. 그런 내가 어쩌다 이렇게 생각을 하게 되었을까? 그런 내가 어쩌다 '욥'이라는 세례명을 가진 천주교인이 되었을까?

그것은 엄마의 삶을 통해서 그 이유가 드러나게 될 것이다. 이 수필형 소설은 내 엄마의 이야기를 토대로 소설형으로 쓴 것이다. 한 가지 아쉬운 점은, 이런 글쓰기가 뭐라고 그토록 자신의 이야기를 글로 써달라는 엄마의 부탁을 미루고 또 미루었을까? 하는 것이다. 나는 결국 나의 엄마가 바리데기 뒤따라가신 후에나 엄마의 이야기를 완성하였고,

"와!! 아들!! 너무나 잘 썼어!! 엄마 눈물 나려고 해!! 아들! 고마워…. 그리고 사랑해."

이렇게 말할 엄마께 이 글을 바친다. 사랑해. 엄마.

목차

프롤로그

내가 겪은 가장 슬픈 이야기 · 8

내가 겪은 기가 막힌 엄마의 이야기 · 14

엄마에게 들은 엄마의 불같은 성격 · 21

내가 겪은 애동 제자 무당 엄마 · 29

엄마에게 들은 엄마의 독립 · 38

엄마의 슬픈 예견 · 47

내가 겪은 이태원 무당 엄마 · 55

내가 겪은 엄마의 한양 12거리 · 63

내가 겪은 새천년을 위한 통일굿 · 72

꺼져 이 무당 자식아!! · 80

어디서 무당질이야!!! · 89

한양굿 마스터리 무당 엄마 · 95

레로쉬 호텔 전문 사관학교 · 101

예수님은 없다? · 108

우리… 도망갈까? · 115

엄마에게 들은 납치당한 이야기 · 122

내가 태어난 이야기 · 133

그 망할 은수저 · 144

그 요상한 소리는 '방언기도' · 154

엄마, 하나님은 있어? · 163

1씨 3배 난봉꾼 · 173

내게 찾아온 방언기도 · 182

대한민국 No. 1 무당의 죽음 · 192

마지막 이야기 · 205

외전 · 217

글을 마치며

내가 겪은
가장 슬픈 이야기

초등학교 3학년, 그러니까 그땐 국민학교 3학년이었을 무렵에 있었던 일이다. 엄마와 아빠는 내가 2학년이 채 되지 않았을 1학년 말이 되었을 무렵부터 별거 생활을 했다.

그리고 처음엔 외할머니랑 몇 개월 살았는데, 그때 두 번째 전학을, 그리고 채 두 달도 안 되어 외할머니로부터 친할머니에게 보내지면서 세 번째 전학을, 그리고 또 아빠가 날 데려가면서 네 번째 전학을, 그리고 3학년 때쯤 정식으로 이혼한 후로 엄마에게 보내졌다가 하면서 총 네댓 번의 전학을 왔다 갔다 해야 했다. 내가 3학년이 될 때까지 그 짧은 기간 동안에 말이다.

그리고 아빠에게 보내지며 전학을 했을 때, 아빠는 서울 중화동의 방 두 칸짜리 반지하에서 살고 있었다. 나는 몇 개월을 하루하루 엄마를 보고 싶어서 그리움에 살아야 했지만 아빠나 새엄마 앞에서는 티를 낼 수가 없었다.

아빠에게는 엄마 이야기를 하면 속상해할까 봐서였고, 새엄마에게는 혼날까 봐 티를 낼 수가 없었으며 내 친엄마에게는 미안하게도 새엄마를 '엄마'라고 부르는 것을 허락하고야 말았다.

비 오는 어느 날, 내 친구들은 전부 엄마가 데리러 오는데 내 새엄마는 그럴 리 없었다. 가방으로 대충 머릴 가리고 뛰어가는데 뒤에서 익숙한 목소리의 외침이 들려왔다. 나는 그 찰나의 순간, 그 목소리의 주인공이 누군지 단박에 알아차리고 누군지 확인하지도 않았는데 뒤를 돌아, 얼굴도 보지 않았는데 내 눈에는 눈물이 고였다.

"재성아!!"

뒤를 돌아 그 목소리의 주인공을 확인했다. 역시나 엄마의 목소리였다. 나는 머리에 쓰고 있던 책가방을 집어 던지고 바로 달려가 엄마의 품에 안겼다. 체감상 근 일 년 만이었다.

비가 억수같이 쏟아지는 습한 날이었는데도 엄마의 품에서는 내가 그토록 그리워하던 엄마 냄새가 났다. 나는 그 품에서 정말 엉엉 울었다.

"으어어 엉~~ 보고 싶었어. 왜 이제 왔어. 나 엄마랑 살면 안 돼? 응?"

그러고 고갤 들어 엄마를 쳐다봤는데, 엄마는 나처럼 울지 않았다. 그런데 성인이 되어 그때 기억을 더듬어 보니, 엄마의 목소리는 무언가로 막힌듯한 느낌이었고 한 마디 한 마디의 말과 말의 간격이 한참이나 걸렸다.

"우ㄹ… 우리 재성이… ㅇ, 우산도 없이… (꿀꺽) 참. 우리 아들 배고프겠다. 재성이 좋아하는 돈가스 먹으러 가자."

엄마는 그때 당시 친했던 친구인 희숙이 이모랑 같이 왔는데, 날 진정시키고 내가 가장 좋아하는 돈가스를 먹으러 갔다.

"그년… 아니 새엄마가 데리러도 안 와?"

엄마는 내 앞에 놓인 돈가스를 대신 썰어주고는 포크에 하날 찍어 날 먹여주며 말했다. 나는 그 새 돈가스에 팔려 입에 넣고 씹지도 않고 삼키고 대답했다.

"응? 응. 원래 그래. 엄마! 있지~ 그 아줌마는 매일 포도 소주 먹어~"

"포… 포도 소주?"

"응~ 맨날 맨날 먹어. 그리구 아빠랑 맨날 싸워."

어린 나이에도 내 눈에 엄마의 표정은 기가 막혀 하는 것 같았다. 나는 그렇게 말하면 엄마가 좋아하는 것 같아서 계속 새엄마의 흉을 계속 봤다.

그런데 그렇게 좋았던 엄마와의 시간은 너무나 짧았다. 단 30분 만에 엄마와 또 헤어져야 했다. 엄마는 새엄마가 내가 너무 늦으면 혼을 낼 거라고 걱정을 하며, 울고불고 난리가 난 나를 겨우겨우 달랬다.

"훌쩍, 나 진짜 엄마랑 살면 안 돼?"

"어서 가. 새엄마한테 혼나. 응?"

나는 울면서 집으로 걸어가면서 내 눈에 엄마가 보이지 않을 때까지 백 번을 뒤돌아보며 집으로 갔다.

그리고 집으로 돌아가니 새엄마는 날 유도신문 했다.

"엄마가 오늘 비 와서 데리러 갔는데 없더라? 비 맞고 왔어?"

"네? 아… 네. 안 데리러 오는 줄 알고….''

아마도 새엄마는 내 표정에서부터 나를 훤히 읽었나 보다. 내 표정이 어땠는지는 나는 알 수가 없었지만, 곧바로 이어지는 새엄마의 말은 아주 날카로웠다.

"엄마 만났니?"

나는 그 한마디의 목소리에서부터 떨려왔다. 그때 나는 침착했다고 자부했으나, 어른의 눈에는 그저 어리석은 거짓말일 뿐이었나 보다.

"아… 아뇨. 혼자 왔는데요?"

"어떤 여자랑 같이 가던데?"

"네??"

그 새엄마의 후벼 파는 말에 나는 더 이상 대답을 이을 수가 없었다. 이미 진탕 취해 있던 그 새엄마는 알았다며 날 방으로 들여보냈고, 그날 저녁 새엄마는 아빠가 오기 전까지 포도 소주를 먹었다. 그리고 퇴근을 한 아빠는 새엄마랑 크게 또 싸우더니 커다란 검정 비닐봉지에 본인 옷이랑 내 옷을 담아서 한밤중에 그 집을 나왔다. 아빠는 갤로퍼 조수석에 날 태우고는 잠을 자라고 청했고, 아빠는 운전석 문을 닫고 나가더니 연거푸 담배를 피우면서 희뿌연 연기를 연신 뿜어댔다.

그 이후, 아빠랑 새엄마는 날이면 날마다 싸웠고 아빠는 더 이상 날 감당하지 못하는 것 같았다. 그래서 결국 나는 마지막 번째 전학을 가야 했다. 그때가 아마도 4학년 중반쯤인 것으로 기억이 된다. 그때 내 담임 선생님은 이미 재성이가 여섯 번이나 전학을 다녔다며 극구 말렸지만 결국 난 서울 중화동 반지하에서 의정부 가능동 2층으로 엄마에게 보내졌다.

나는 엄마가 웬 아저씨랑 같이 타고 온 근사한 승용차를 타고 의정부로 향했다. 내 입꼬리는 이미 귀에 걸려 너덜거릴 정도였고, 엄마는 의정부로 가는 동안에 한참을 머뭇거리다가 내게 말했다.

"재성아!! 집에 가면~ 우리 재성이가 좋아하는 게임보이 사놨다?"

"왓!! 정말?? 아싸!!"

"그… 그리고 재성아…."

그리고 엄마는 또다시 말을 멈칫하더니 이윽고 입을 열었다.

"여기 운전하는 아저씨가 이젠 재성이 새아빠야."

그때 나는 그 아저씨가 내 새아빠라는 사실이 싫거나 하지 않았다. 그 어린 나이에도 이미 예상을 하고 있었을지도 모르겠다. 나의 반응이 흔쾌히 받아들이는 것 같자 엄마는 다행이라는 듯 웃었다. 아빠에게도 엄마에게도 새엄마를 새엄마라고 부르지 않아서, 새아빠를 새아빠라고 부르지 않아서 속상하게 하기는 싫었다. 내 반응이 그러자 엄마는 다행이라는 듯이 또 한마디를 건넸다.

"그리고 집에 가면~ 재성이 동생 있어~ 6살짜리. 이름은 황현이라고 해."

"동생?"

나는 어려서부터 동생이 있는 걸 싫어했다. 엄마, 아빠의 사랑이 동생에게 뺏길까 봐 그랬던 것이다. 하지만 그때도 역시 나는 엄마를 속상하게 하기는 싫었기에 어설픈 연기로 좋아하는 척했나 보다.

그렇게 나는 황씨 성을 가진 새아빠를 아빠로, 그 아빠의 아들인 '황현'이라는 애를 동생으로 여기며 마지막 전학 여행의 종지부를 찍었다.

내가 겪은 기가 막힌 엄마의 이야기

"김 들여가세요~"

겨우 국민학교 2학년짜리가 멜빵바지의 단추에 검정 비닐봉지를 매달고 지나가는 아주머니가 보일 적마다 외쳐댔다.

엄마는 아빠랑 별거 생활을 하기 시작하면서 의정부 제일시장에서 김구이 기계를 이용한 구이 김을 판매했다. 엄마의 말로는 그때 맛은 자신 있었고, 어린 아들이 학교가 끝나면 바로 시장으로 달려와서 멜빵바지에 봉투 뭉치를 매달고 지나가는 아주머니들한테 김을 사라고 외쳐대니, 그걸 보는 아주머니들이 기가 막혀서 하나둘씩 김을 사게 되고 입소문이 났다는 것이다.

"꼬마야~ 김 얼마야?"

"네~ 한 봉지에 천 원이에요."

"어머. 어쩜 어린애가 장사도 잘하네? 한 봉지 줄래?"

그리고 저녁때가 되면 엄마랑 단둘이 살고 있던 단칸방에 들어와서 엄마가 김 가루가 잔뜩 들어 있는 돈 상자를 엎으면 그 고사리 같은 손으로 돈을 가지런히 세어놓았다. 천 원짜리 9장을 세고 그 뭉치 가운데 또 다른 천 원을 세로로 덮는다. 그러면 만 원 뭉치가 완성된다.

"아드을~"

"어? 히히…. 알았어."

엄마가 나를 그렇게 부르는 것은 다 뜻이 있었다. 나는 방문을 열고 나가면 밖에 있는 부엌으로 신발을 신고 가서 작은 주전자에 물을 올려놓고, 커피 두 스푼, 프림 두 스푼, 설탕 반 스푼 이렇게 엄마 특유의 달지 않은 커피를 타서 엄마에게 가져다준다.

그게 엄마랑 단둘이 살았을 적에 내가 좋아하던 일이었다. 엄마가 커피를 좋아하니까 엄마가 커피 타는 모습을 보고 나 스스로 배웠다.

그리고 또 한 번은, 철이 없게도 엄마가 좋아하는 것 같으니까 엄마가 갖고 있던 아빠가 나온 사진에 검은색 전기 테이프로 얼굴을 가려 놓았던 적도 있었다. 그러면 엄마는 옅은 웃음을 지어 보이며 "왜 그래~"라고 하면 나는 엄마에게 이렇게 말했다.

"아빠 싫어!! 엄마 괴롭히니까! 엄마랑 나랑 버렸으니까."

그러면 엄마는 계속 웃었다. 그때는 그 웃음이 엄마가 진짜로 좋아서 웃는 것인 줄만 알았다. 머리가 크고 나서 다시 돌이켜 보니 그건 엄마의 울음이었을지도 모르겠다. 지금 이 상황이, 아들이 하는 저 행동이 너무나도 기가 막힐 일이라고 생각이 들었겠지…. 아마도.

*

4학년 중반쯤, 내 마지막 전학 여행이 끝날 때쯤 엄마에게 오니까, 의정부 제일시장 가구점은 이제 의류판매점으로 바뀌어서 허구한 날 가수 김혜연의 '서울 대전 대구 부산' 노래가 지겹도록 나왔다. 그 앞의 김 아줌마의 김 가게에는 내가 서서 판매할 장소는 새아빠의 자리가 되었고, 나는 그 대신 6살짜리 동생의 종일반이 끝나면 그 동생을 돌보아야 하는 임무가 새로 생겼다.

학교에서 나의 생활은 그야말로 엉망이 아닐 수가 없었다. 친구 관계는 물론이고 나의 성취 수준은 다른 친구들보다 한참이나 뒤떨어졌다. 국민학교 저학년 내내 공부와 친구를 사귀는 법도 배우지 못한 채 몇 개월마다 한 번씩 전학을 다녀야 했으니까 말이다.

'주의가 산만하여… 읽기와 말하기, 쓰기 측면에서 성취 수준이 낮으며….'

항상 내 성적통지표에는 이런 말이 따라다녔다. 이래 봬도 나는 엄마 앞에서 동화책을 소리를 내서 읽으며 한글을 6살 때 마스터한 신동이었는데 말이다.

그 와중에 다행인 것은 새아빠는 좋은 사람이었다는 사실이다. 이제는 내가 엄마를 지켜주지 않아도 새아빠가 엄마를 지켜주는 사람이 생긴 것이다. 그리고 김구이도 이제는 그냥 구이 김이 아니라 비닐봉지에는 '부부 돌김'이라고 찍혀 있었고, 그 당시 하루 평균 40만 원의 매출을 올렸다. 그렇게 새아빠는 엄마를 나 대신 지켜주는 고마운 사람이었다. 단, 술을 먹기 전까지는 말이다.

"너희는 도대체 왜 이렇게 싸우냐!! 어??"

우당탕탕!! 찰싹!!

한번은 동생이랑 싸운다며 술이 진탕 취해서는 날 때렸다. 그 큰 손으로 내 뺨을 때려 이빨이 부러지는가 하면, 술에 취한 날에는 어김없이 살림살이가 부서졌다.

"왜 때리는데? 어? 네가 뭔데 내 아들을 때리는 거야!!! 술만 먹으면 으이그!!! 증말!!"

그러고 아침이 돌아오면 엄마에게 빌고 또 빌어서 또다시 착한 새아빠로 돌아왔다. 6학년 때에는 날 때린 반 친구를 혼내준다며 학교로 가는 길을 걸어가다가 마포 걸레 자루의 나무 부분을 발로 툭 하고 부러뜨리고는 그 친구에게 가서 혼내준 적도 있었을 만큼 말이다. 난 그게 내 편을 들어줘서 좋은 아빠라고 생각도 했다.

하지만 술을 먹으면 개가 되는 그 버릇은 고쳐지지 않았다. 한번은 또, 술에 잔뜩 취해서 또 개로 변신했는데, 이번엔 미쳐도 완전히 미치는 바람에 자정이 넘어서 이번엔 동생도 같이 새아빠를 피해서 3명이 함께 집 밖으로 도망친 적도 있었다.

그리고 아침이 되어 제정신으로 돌아오면 어김없이 새아빠는 엄마에게 빌고 또 빌었고, 엄마는 이번이 마지막이라는 그 매번 돌아오는 마지막이라는 소리에 또 져줬다.

"정말 다시는 술 안 마실게. 정말이야. 이번이 마지막이야. 이번만 눈감아 줘. 응?"

"그 마지막이라는 소리 한 번만 더 하면 천 번이다. 알아??"

아마도 엄마는 그사이 새아빠에게 정이 들어버린 것도 있었겠지만, 평소에는 자상한 내 아들의 아버지가 되어주었기에 또 받아주고 하면서 내 아들에게 아버지의 빈자리를 채워주고 싶었나 보다.

그렇게 엄마는 김구이 장사로 대박이 터졌고, 새아빠는 부인을 잘 만난 남자가 되어 김 장사 아줌마의 남편이 되면서 우리 집도 차츰 규모가 커져갔다.

15평의 장암동 주공아파트로, 그리고 30평의 주택으로 차츰 집이 넓어져 갔다. 우리 가족이 장암동 아파트에 살 무렵에는 엄마는 사업을 확장시켜서 의류판매점 건물 지하에 보리밥집을 개업했다.

우리 엄마의 언니인 첫째 이모는 음식 솜씨가 아주 뛰어났는데, 그걸 이용해서 전주 보리밥집을 개업한 것이다. 엄마의 그 사업 역시 너무나도 잘되었다. 김 장사는 아주 새아빠에게 일임하고 엄마는 보리밥 장사에 매진했다. 연일 장사가 잘되어 엄마는 늘 시장 곳곳으로 손수 배달을 다니곤 했다.

엄마는 그야말로 오픈하는 사업마다 너무 잘되었다. 그리고 신

곡동으로 3층에 있는 30평 주택으로 이사 갔는데 이상하게도 그 잘되던 보리밥집을 관두고 그 자리에 단란주점을 오픈했다.

역시 그 단란주점도 너무나도 잘되었다. 순식간에 우리는 부자가 되는듯했다.

그러던 어느 날부턴가 엄마는 하루하루를 골골거렸다. 엄마가 다른 엄마 친구인 김말이라는 특이한 이름을 가진 이모와 대화하는 것을 들었는데 40여 일이 넘도록 '하혈'이라는 놈이 멈추지 않는다는 것이다. 도대체 '하혈'이 뭐기에 엄마가 저토록 날이 가면 갈수록 말라만 가는지 모르겠지만 말이다.

그러던 와중에도 엄마의 사업은 너무 잘되어 30평대 주택에서 이제 곧 1층, 2층 합해서 60평이나 되는 단독주택으로 이사를 간다는 것이다.

나와 동생도 무척이나 기대했다. 그런데 그 집을 계약한 지 얼마가 채 지나지 않아서 우리 집에 빨간딱지가 붙었다. TV에서 보던 '압류'한다는 딱지가 바로 이것 같았다. 내가 엄마한테 듣기에는 그 새로 산 집이 잘못된 모양이다. 아직도 그 사기 친 아줌마 이름도 잊어먹지도 않는다. 김상순!! 우리 집을 망하게 만든 장본인이다.

그 당시 엄마는 부동산에 대해 잘 모르던 때였고, 등기부나 이런 걸 확인도 하지 않은 채, 지인 간 친분만으로 믿고 거래했는데, 그 집에 갖가지 압류가 되어 경매에 넘어가기 일보 직전의 집을 계약한 모양이다. 그렇게 해서 우리 집은 그 당시에 6억이 넘는 빚이 하루아침에 생겼다.

  그렇게 우리 집은 망하는 줄 알았다. 나중에 커서 엄마에게 들어보니 그 빚쟁이들을 집에 모아놓고 여태까지의 본인 신용으로 자길 믿고 기다리면 이자까지 빠짐없이 갚겠다고 설득했나 보다. 그도 그럴 것이 장사가 너무나 잘되고 있었던 터라 가능하지 않았나 싶다.

  그러던 어느 날, 38kg의 빼빼 마른 엄마는 날 불러놓고 또 한 번의 심각한 표정을 지으며 말을 머뭇거렸다. 나는 엄마가 또다시 날 아빠에게 보낸다고 이야기할 줄 알고 엄마의 입을 열기도 전에 미리 받아쳤다.

  "나 아빠한테 안 가!"

  집안의 분위기가 또 날 다시 아빠한테 보낸다고 그럴 것만 같았지만 이번에는 그게 아니었다.

  "저기… 재성아?"

  "아 뭔데? 아빠한테 가는 것도 아니고."

  그 이후로 엄마는 또 뜸을 들이더니 이내 마음을 먹었는지 입을 열었다.

  "엄마…. 무당이 되어야 할 것 같어."

엄마에게 들은
엄마의 불같은 성격

[별장 건어물 과일]

엄마가 아빠와 별거 생활을 시작하기 바로 직전에 엄마가 일산 능곡에 열었던 가게 이름이었다. 우리 가족은 일산이 신도시가 되기 전에 사글세 단칸방을 얻어 생활했었다. 엄마는 그때 오토바이에 당시 6~7살이었던 내가 들어가도 될 만큼이나 큰 가방을 뒤에 매달고 아모레 화장품 방문판매를 시작하셨다.

"아이고 언니~ 됐다니까~"

"아…. 다 했어~ 조금 남았는데 뭘."

엄마는 화장품 하나를 팔기 위해서 고객의 집에 가서 설거지와 청소까지 하며 영업했다고 했다. 그리고 화장품을 사든 안 사든, 마사지 기계를 갖고 다니면서 고객들의 얼굴에 마사지해 주면서 영업했고, 그 결과 아모레 화장품 판매왕을 몇 번이나 했다고 했다.

 엄마의 고객층은 다양했다. 그 고객 중에서 가장 기억에 남는 고객은 바로 '무당'이었다고 했다. 그때까지만 해도 엄마는 다른 사람들처럼 '무당' 하면 천하게 보던 그런 사람이었으나, 그 무당 역시 고객이기 때문에 겉으로 티를 낼 수 없었다.

 "이그. 우리네 팔자인걸…."

 "네?"

 무당이 자기 집에서 설거지를 하고 있는 뒷모습을 보고 혼자 중얼거렸다. 엄마는 '우리네 팔자'라는 말을 듣고 속으로 쌍욕을 해 댔지만 화장품을 팔아야 할 방판원이 그럴 수는 없었다. 엄마는 그 무당집에서 나오고 나서야 그 신당에 대고 쌍욕을 퍼부어 댔다.

 "미친년이 우리네 팔자는 무슨."

 엄마가 판매왕을 하면서 가난하게 시작했던 우리 가정은 점차 좋아지는 듯했고, 나는 일산 국민학교를 입학해서 내 인생의 첫 번째 전학인 능곡국민학교로 전학을 갔다. 우리 가정이 서서히 무너지기 시작한 것은 그때부터였다.

 방 한 칸이 딸린 건어물 가게로 이사 가고 나서 얼마 있지 않아 아빠에게 근사한 차가 생겼다. 그 이름하여 사장님들이나 탄다는 그랜저였다. 아빠가 갑자기 그런 차를 몰 수 있었던 것은 엄마의 남동생인 혁이 삼촌 때문이었다. 분명히 혁이 삼촌 '덕분'이 아니라 혁이 삼촌 '때문'이었다. 혁이 삼촌은 우리 아빠에게 멀쩡히 잘 다니고 있는 외국 계열 회사를 관두게 하고 아빠에게 회사를 차리도록 했다. 그 회사 이름은

'재팬 라이프'

나는 그 당시 워낙 어려서 그게 뭐 하는 회사인지는 몰랐다. 어른들이 하는 말을 들어보니 그저 피라미드 회사라고만 했다. 아빠는 피라미드 회사라고 하더라도 자신이 열심히만 하면 성공할 자신이 있다고 했더랬다. 그 덕분에 나는 1992년 당시 으리으리한 그랜저를 우리 아빠 차로 가질 수 있었다.

아빠가 피라미드 회사에 손을 대고 나서부터 우리 집이 서서히 불화가 자주 생겼다. 평소에 그러지 않았던 아빠는 허구한 날 엄마와 싸워댔고, 그 단칸방의 없는 살림을 부수거나 하는 일도 잦았다.

그러던 어느 날, 엄마는 당시 가장 친했던 언니라고 부르던 사람이 있었는데 그 언니가 엄마에게 이렇게 말했다고 했다.

"야… 숙아…. 그 있잖니…."

"뭔데? 뭔데 그렇게 말을 못 해…. 괜찮으니 말해봐."

그 언니는 또다시 한참을 망설이더니 겨우겨우 입을 떼었다.

"늬 남편이…. 아무래도 바람난 것 같다?"

그 언니의 남편이 택시 기사를 하는데, 먼발치에서 우리 아빠가 어떤 한 집으로 다른 여자와 함께 들어가는 것을 목격했다고 했다. 하지만 엄마는 코웃음을 치면서 말했다.

"품… 아냐. 재성 아빠는 나 아니면 안 되는 사람이야. 잘못 봤겠지."

그 이후로, 새삼스럽게 아빠의 외박이 잦다는 사실이 느껴졌고, 참다 못해서 그 언니와 남편의 택시를 타고 아빠의 뒤를 따랐다고 했다. 그런데 정말로 아빠가 어느 한 집으로 들어가는 것을 엄마 눈으로 직접 봤다고 했다. 그래서 엄마는 다짜고짜 그 집으로 쳐들어갔다. 그런데 문을 벌컥 열고 들어간 그 집에서 엄마는 기가 막힌 꼴을 보고야 말았다. 어떤 한 여자가 아빠의 발을 씻겨주고 있는 모습을 본 것이다.

그 이후로 엄마는 두말도 하지 않고 뒤돌아 나왔고, 그때부터 엄마와 아빠는 별거 생활을 하기 시작한 것이다. 물론 엄마가 열었던 [별장 건어물 과일] 가게도 문을 닫고 나는 두 번째 전학인 외할머니댁으로 인천 가좌동 '건지국민학교'로 전학을 가게 되었다.

*

"애!! 숙아. 한번 가자니까… 응? 내가 예상 가는 부분이 있어서 그래."

"아…. 싫다니까…. 나 보리밥집에 김 장사 하기도 바빠!!! 무슨 점이야 점은!!"

"아이, 참…. 잔말 말고!! 따라와!"

엄마가 그 '하혈'이라는 놈을 40여 일이나 할 무렵, 엄마 친구는 그렇게 날이 가면 갈수록 말라가는 엄마를 보고 이상한 낌새를 느끼고 다짜고짜 엄마를 무당집으로 데리고 갔다고 했다. 엄마는 그렇게 끌려간 무당집의 점상 앞에 앉았더니, 그 무당은 다짜고짜 엄마에게 이렇게 말했다고 했다.

"신령님을 모시고 있는 만신이 무슨 점을 보러 왔대~?"

그 소리를 듣고 엄마는 그 무당의 면전에 쌍욕을 퍼부어 댔다.

"이 씨발년이 얻다 대고 만신이래? 돌팔이 무당년 같으니라고."

그러면서 그 점상을 확! 하고 둘러엎어 버리고 나왔다고 했다. 그 순간 엄마는 내가 지금 이렇게 돈을 잘 벌고 있는데, 그런 내게 만신이라니 저 무당은 미친년이 틀림이 없다고 혼자 중얼거리며 마당으로 나왔다. 그런데 그 평지에서 발을 헛디뎠는지, 마치 경사로에서 구르는 것처럼 엎어져서 몇 바퀴를 굴렀고, 여기저기 다치기까지 해서 병원으로 향했다고 했다.

그 이후 엄마는 또 장사에 매진했고 엄마의 그 알 수 없는 병은 깊어져만 갔다. 하지만 엄마의 머릿속에는 '만신'이라는 글자가 계속 맴돌았다고 했다. 그래서 결국 엄마는 자신이 점상을 엎어버린 그 집에 사과할 겸 해서 다시 찾아갔고, 그 무당은 여지없이 무당 팔자이고 결국엔 신령님 앞에 무릎을 꿇게 될 것이라고 했다고 했다.

하지만 엄마는 그 무당에게 신내림은 절대 받기 싫다고, 안 받으려면 어떻게 해야 하냐고 방법이 없겠냐고 물었고, 그 무당은 엄마에게 '물장사'를 해보라고 권유한 것이다. 그래서 엄마는 그 잘나갔던 '전주 보리밥집'의 간판을 내리고 '까치 단란주점'으로 바꿔 달고 인테리어까지 싹 다 바꾸고 물장사를 시작했다.

　엄마는 그 어떤 사업이든 열었다 하면 너무나도 잘됐다. 그런데….

　"하…. 사장님…. 제발 나오지 마세요. 네? 장사는 잘되고 있는데 사장님이 그러시면 어떻게 해요~"

　한번은 술을 먹던 남자 손님이 엄마에게 '마담'이라고 호칭하면서 술을 권유했다고 했다. 그 당시에는 그 '마담'이라는 소리는 술집 여자를 천하게 부르는 호칭이라고 생각이 되었나 보다. 엄마는 그 남자 손님이 자기를 '마담'이라고 부른다고 쌍욕을 해댄 다음, 한쪽에 쌓여 있던 맥주 박스를 번쩍 들어서 그 남자 손님에게 집어 던져버렸다고 했다.

　엄마가 손님에게 그렇게 했는데도 물장사는 너무나도 잘됐다. 그래서 보다 못한 여직원들이 제발 좀 사장님 출근하지 말라고 한 것이다. 장사는 자기네들끼리 어찌해도 잘 굴러가니까, 사장님은 와서 정산만 하고 손님들에게 욕을 퍼부으며 내쫓지 말라며 간곡히 부탁할 정도였다.

　그렇게 엄마는 몸이 망가져 갔는데도 장사가 잘되어 무당의 길은 생각지도 않게 되는듯했으나, 얼마 후 엄마가 집을 잘못 사게 되면서 수억 원의 빚을 지게 되면서 서서히 엄마의 마음속에서는 '무당'을 해야 하나라는 쪽으로 기울었고, 결국 또다시 그 무당 언니를 찾아갔다.

　"결국 이렇게 됐구나. 하지만 나는 숙이 네 신 엄마가 될 수 없어."

"응? 왜? 기왕 할 거면 언니한테 받을래."

"아냐, 넌 선거리를 배워야 해. 난 앉은 거리 무당이야. 넌 반드시 선거리 무당을 해라."

엄마는 그 소리를 듣고 선거리 무당이 뭔지는 모르겠지만, 아무튼 서울의 다른 무당집을 찾아다니기 시작했고, 가는 곳마다 신을 받아야 한다고 했고, 피할 길이 없냐고 물었지만, 무당마다 이미 눈에 신이 가득 차 있다고 했다.

그 이후로도 엄마는 장사를 하면서도 엄마도 모르게 손님들의 점을 봐주었다고 했다.

"에그… 머리에 백나비를 꽂았네."

"네?? 백나비?? 이거 미친년 아냐?"

백나비는 상을 당한 여자들이 머리에 꽂는 것이다. 자기더러 갑자기 주위에 누군가 죽어서 머리에 백나비를 꽂겠다고 말하는 엄마를 '미친년'이라고 부르는 것은 당연한 일일지도 모른다. 그 이후로도 엄마는 손님들의 지갑에 얼마 있는 것까지 맞힐 정도로 하루하루 신(神)의 세계와 가까워져 갔다. 결국 엄마는 어느 날, 나를 앞에다 앉혀놓고 말했다.

"재성아, 엄마가…. 무당이 되어야 할 것 같아."

엄마가 그렇게 뜸을 들여 입을 열었다. 내가 초등학교 5학년에서 6학년으로 넘어가려던 그때였다. 그런데 나는 단 1초도 망설이지 않고 엄마의 예상에 빗나가는 대답을 해줬다.

"무당? 그래. 알았어."

엄마는 나의 '그래 알았어.'라는 얼토당토않은 반응에 놀랐다.
"무, 무당이 되면 친구들이 놀릴 텐데? 무당집 아들이라고?"
"에이. 난 안 부끄러워. 내 걱정하지 말고 엄마 맘대로 해. 난 상관없어~"
그렇게 엄마는 신내림을 받게 되었고 당시 '신 할머니'로부터 받은 [왕룡암]이라는 별칭을 얻어 간판을 내걸어 엄마의 제3의 인생인 무당의 길이 시작되었다.

내가 겪은
애동 제자 무당 엄마

"왜 애를 네가 데려가? 재성이가 김 씨지 이 씨야?"
"안 돼. 난 재성이 없이는 못 살아."
별거를 시작하고 처음엔 외할머니댁으로 보내졌고, 나는 몇 개월이 지나지 않아서 친할머니댁으로 다시 보내져 세 번째로 전학해야 했다. 친할머니는 날 앉혀놓고 늘 세뇌하듯 말했다.
"남자는 이 계집 저 계집 끼고 그럴 수 있는 거야~ 재성아. 나쁜 건 그 혁인지 헉인지 하는 그 개새끼야. 멀쩡하게 잘 다니던 회사 관두게 하고 재팬 뭐인지 하는 그 피라미드 회사에 꼬이지만 않았어도 으이그!!"
엄마는 별거 중에도 시시때때로 친할머니한테 용돈을 보내왔다. 제사면 제사, 그리고 생신 때, 심지어는 의정부에서 김 장사가 잘되자 당시 먹고살 방법을 궁리하던 할머니와 할아버지한테 인천 모래내 시장 노점에 김 기계를 사드리고 김 장사를 할 수 있게 해줬다.

내 기억으로는 아빠도 피라미드 회사를 관두고 그 시장에서 이것저것 장사를 했던 것으로 기억한다. 하지만 얼마 못 가서 모두 집어치우고 다른 구직 활동에 나섰던 것으로 기억한다.

커서 내가 판단한 우리 아빠는 성실했지만, 능력이 없었다. 착했지만 능력이 없었고, 가끔씩 욱하는 성질도 있어서 사회에 적응하기 어렵던 그런 캐릭터로 판단했다.

가끔은 내가 일이 잘되지 않을 적에는, 나도 그 핏줄을 물려받아서 능력이 없나? 라고 생각이 들 정도였다. 분명 엄마는 여자인 몸으로도 홀로서기에 성공했다. 그것도 그냥 성공한 것이 아니라 단기간에 폭발적인 성공을 했다.

어린 나의 눈에는 엄마와 아빠의 삶이 비교될 수밖에 없었다. 엄마는 이토록 떵떵거리며 잘살고 있었으나, 아빠의 삶은 해가 바뀌면 바뀔수록 처참히 내리막을 타고 있었으니까 말이다.

내게 그런 세뇌 교육을 시키는 것은 비단 할머니만 그런 것이 아니었다. 아빠에게는 2명의 여동생이 있었다. 나에게는 큰고모와 작은고모였다. 그 3남매 중 그래도 가장 잘 배웠다는 고모는 작은고모였다. 그런데도 그 작은 고모도, 그리고 여태껏 엄마와 동갑이라는 사실을 모르고 살았다가 최근에서야 1살 언니가 아닌

본인과 동갑이라는 사실을 알게 된 못된 큰고모도 역시 나만 보면 이씨 집안을 욕해댔다.

물론 나도 지금에 와서도 그 혁이라는 외삼촌을 미워한다. 그 성실했던 아빠를 바람둥이로 만든 장본인이 아닌가 싶기도 했고, 그 되지도 않는 피라미든지 뭔지 하는 회사를 차리게 만드는 바람에 우리 집안이 이렇게 되었으니까 말이다.

하지만 할머니와 고모들이 내게 그렇게 세뇌 교육을 해도, 내 머릿속에는 오직 엄마밖에 없었다. 또 이씨 집안을 욕을 하는 할머니가 이해가 간 것은 아니었지만, 내 머릿속에서 할머니는 '착한 사람'이라고 평가되게 한 일도 있었다.

어느 날, 엄마가 의정부로 가기도 전 일이었다. 엄마는 혼자 살면서 할머니 댁으로 날 보게 해달라고 찾아온 적이 있었다. 그 당시 나는 엄마가 온 줄도 몰랐지만, 그날 끝끝내 할머니는 날 만나게 해주지 않았고 엄마가 돌아가면서 김 약국에서 수면제를 사다가 집으로 돌아가 왕창 입으로 때려 넣은 사건이 있었다.

다행히 조기에 발견해서 목숨을 잃지는 않았지만, 할머니는 김 약국에서 그런 몹쓸 약을 팔았다는 것을 알고 당장 그 약국으로 달려가 그 약국을 뒤집어 놓은 사건이 있었다.

그날 이후로, 할머니는 우리 엄마를 구해준 아주 착한 사람이었다. 하지만 할머니의 끝나지 않는 이씨 집안 욕은 계속되었다. 아무리 그렇게 해도 나는 엄마가 좋았다. 어릴 적에 "엄마가 좋아? 아빠가 좋아?" 하고 물어보면 그 자리에서는 둘 다 좋다고 했지만, 항상 내 마음속으로는 엄마가 더 좋았다.

"법원에? 그래, 그래…. 알았다."

어느 날 할머니가 누군가와 통화하는 것을 들었다. 당시 3학년이었던 내 귓가에 분명하게 들려온 두 글자. '법원'이었다. 그때 뭘 안다고 그랬을까? 그 두 글자만으로 나는 단박에 알아차렸다.

'아…. 엄마와 아빠가 진짜로 이혼하는구나.' 하고 말이다.

"법원?? 할머니! 그거 엄마 아빠 얘기지? 엄마랑 아빠랑 이혼하는 거지!!?? 응??"

그러자 할머니는 전화를 끊고 날 달래려고 그랬지만 나는 울음이 터져버려서 내 방문을 '쾅!' 하고 닫아버리고 잠갔다. 그리고 이불에 얼굴을 파묻고 목 놓아 울어버렸다. 아마도 그게 처음인 것 같았다. 내 평생 그렇게 목 놓아 울어버린 것이 말이다.

할머니는 어렵게 방문을 따고 들어와서도 내게 이렇게 말했다.

"재성아. 할머니가 말했지? 남자는 바람도 피울 수 있고 그런 거야."

그 말이 어린 내 가슴을 더욱 후벼 파는 것처럼 느껴졌다. 그 이후로 엄마와 아빠는 나에 대해서 서로 합의를 봤다. '친권'은 아빠가 갖되 '양육권'은 엄마가 갖는 것으로 말이다. 내 기억으로 아빠는 내가 초등학교 5학년이 되어서도 이따금 내가 다니는 초등학교로 와서 나랑 잠깐씩 만나고 그랬는데, 그때마다 지겹도록 내게 한 말이 있었다.

"너는 아빠 닮지 말아라."

바로 이 소리였다. 그 소리가 내게는 할머니가 내게 세뇌시키는 그 지겨운 소리보다 더 지겹게 들렸다. 내가 아빠에게 엄마 버리고 왜 바람을 피우고 이혼했냐는 진솔한 질문에는 이렇게 대답했다.

"엄마의 그 욱하는 성격. 그게 싫었어. 처음엔 그 성격을 고쳐보려는 마음으로 만나기 시작했다가 일이 걷잡을 수 없이 커지고 말았어."

나는 아빠의 그 대답을 믿었다. 할머니가 내게 하는 그 세뇌 교육도 구분하던 나였는데, 왠지 아빠의 말은 말 그대로 믿었다. 아니, 지금 와서 생각해 보니 그게 진짜라고 믿고 싶었나 보다. 아니, 그 말도 안 되는 핑계가 진짜라고 믿고 싶었다.

*

사람들이 많이 하는 크나큰 착각. 신을 받으면 신이 몸에 실려서 사람들의 과거와 미래를 줄줄 말하며 점을 볼 수 있다고 생각하는 것. 그건 정말 큰 착각이다. 지금의 엄마는 무당들의 세계에서 손꼽는 만신이 되었다. 하지만 그런 엄마도 아기 무당이었을 적에는 다른 여느 사람들과 마찬가지로 '어버버' 소리도 못 했다.

비유를 들어보면 쉽다. 이제 갓 태어난 갓난아기가 입을 떼고 말을 해보려 해봤자 '어버버버'댄다. 그 아이가 자기 생각을 가질 수 있다고 치더라도 그걸 과연 표현할 수 있을까? 아기는 엄마와 아빠로부터 말과 행동을 보고 배우면서 성장해 나간다. 성장하면 할수록 생각과 언행이 깊어지고 제대로 된 말을 할 줄 알게 된다.

이제 막 신내림을 받은 무당도 마찬가지다. 이제 막 신내림을 받아서 뭘 할 수 있을까? 차라리 갓난아기는 '어버버'라도 소리를 낸다. 하지만 갓 신내림을 받은 무당은 손님을 앉혀놓고 아무리 속으로 빌어봤자 '어버버' 소리도 못 한다. 무당도 신이 아무리 점을 던져주어도, 그것이 자기 생각인지 신의 그 무엇인지 구별할 줄 몰라서 점을 못 보는 것이다.

'하…. 동자야…. 제발, 뭐라도 말해주렴…. 신내림 굿할 때에는 잘만 말하더구먼…. 응?'

엄마 또한 마찬가지였다. 의정부 제일시장 김 장사 아줌마가 신내림을 받았다고 소문이 나니까 손님은 걷잡을 수 없이 들어왔다. 매일같이 우리 집 거실에는 손님들로 그득그득했고, 나는 학교가 끝나면 집으로 와서 손님들의 커피를 타주기 바빴다.

엄마는 처음 손님을 볼 때 답답해서 미치는 줄 알았다고 했다. 아무리 손님을 뚫어져라 쳐다보고, 방울을 흔들어 보고 부채를 부채질을 해봐도 뭔가 신은커녕 말 한마디 못 하고 1시간이 넘도록 한 사람의 손님을 그대로 방치했다고 했다.

엄마는 부채와 방울을 들고 신당을 향해서 번쩍 들어 흔들어 대면서 속으로 애가 타도록 간절하게 외쳐댔다고 했다. 그런데 1시간이 넘도록 흔들어 대도 아무런 반응을 하지 않았다고 했고, 그렇게 손님들이 많이 들어왔어도 그냥 돌려보내기를 며칠 동안 했다.

그러다가 한번은 우연하게도 갑자기 동자신이 들어오는 것을

캐치를 하면 그때부터 거실에 앉아 있는 손님들의 점을 한꺼번에 봐주기 시작했고, 그 동자신이 실려서

"엄마는 떡 살 담가야 해!"

그 한마디면 그 손님은 신당에 쌀을 올리고 굿 날짜를 잡고 돌아갔다. 그 당시에 엄마는 이제 신을 받은 애동이 건방지게도 손님에게 굿값이 얼마냐는 질문에 '천만 원'이라고 대답해 버렸고, 손님들도 엄마에게 푹 빠져서 그랬는지 엄마에게 그런 거금을 내고 굿을 했다.

그때부터 엄마의 점을 보는 실력은 서서히 늘어갔다고 했다. 하나부터 열까지 자세하게 봐주기는커녕, 엄마의 몇 마디가 그 손님의 가장 중요한 부분을 건드려 주었고, 그러고 나면 어김없이 그 손님은 쌀을 걸어놓고 돌아갔다.

엄마는 무당이 되고, 하루하루가 바빴다. 낮에 점을 보고 밤에는 산에 있는 '굿당'이라는 곳으로 일하러 갈 정도로 말이다. 어떨 때는 저녁마다 엄마의 '신 엄마'가 우리 집으로 출근을 했다. 그 '신 엄마'라는 사람은 커다란 빈 가방을 들고 와서, 신당에 들어갔다 나오면 항상 그 가방이 빵빵하게 되어 돌아갔다.

그런데 엄마가 천만 원짜리 굿을 떼어 신 엄마에게 가져다주면 엄마에게 돌아오는 것은 고작 17만 원에서 20만 원 사이. 그리고 신 언니라는 사람들은 우리 엄마가 뗀 굿판에 왔으면서도 신 엄마의 총애를 받는 우리 엄마를 시기 질투하기 바빴고, 그 덕분에 '신복(굿판에서 무당들이 입는 옷)'조차 손을 대지 말라고 윽박지르며 텃세

를 부리기도 했다고 했다.

"야! 네 굿이라고 벌써 감히 신복에 손을 대는 거야?"

"예? 아, 아니 저…. 그게 아니라 널브러져 있기에…."

"손대지 마!! 건방지게 이제 막 받은 애동이 무슨!!"

엄마가 무당이 되고 나서, 엄마가 날 때리는 일이 잦았다. 당시 초등학생이었던 나는 우리 엄마가 무당이 되었으니 그쪽으로 호기심이 가는 것은 인지상정이었다. 그래서 신당 안으로 기웃거리거나 하면 어김없이 엄마의 손이 내 뺨으로 날아왔다.

"여기에 관심 두지 말랬지!!"

"앗! 왜 때려! 그렇다고…. 아파라."

아주 나중에 들은 얘긴데, 엄마가 신을 받겠다고 결정적으로 마음을 먹게 된 이유가 바로 나 때문이었다. 그때 엄마가 지금의 엄마의 손님들처럼 무당의 신당에 쌀을 올려놓고 내림굿을 하겠다고 했던 곳은 바로 지금의 신 언니의 신당이었다고 했다.

그때 신 언니는 엄마에게 이렇게 말했다고 했다.

"사실, 무당 팔자는 네가 아니야."

"예?"

"무당 팔자는 네가 아니라, 바로 네 아들이야. 아들에게 갈 신이 네게 온 것이야."

"예??? 그럼 제가 받지 않으면…."

"그래. 네가 신을 거부하면 끝이 아니라, 그 신은 네 아들에게 가게 될 거야. 네 아들이 원래 무당 팔자였으니까."

　엄마는 나 때문에 결정적으로 신을 받겠다고 마음을 먹었다고 했다. 아들을 무당으로 만들지 않기 위해서 말이다. 그래서 그런지 내가 신당에 기웃대거나 무속에 대해서 무언가 궁금해하면 어김없이 손이 날아왔다.

엄마에게 들은
엄마의 독립

　우리 집 거실은 항상 엄마에게 점을 보려고 대기하고 있는 손님으로 가득했다. 내가 학교와 학원이 끝나면 저녁에라도 와서 굳이 손님에게 커피를 타주는 이유는 오로지 한 가지뿐이었다.

　엄마가 알면 또 뺨을 맞는 일이 되기는 하나, 난 엄마의 무당일에 관심도 좀 있었거니와 엄마를 도와주는 것이 좋았고, 또 이런 일은 나밖에 할 수 없는 일이라고 생각했기 때문이다. 엄마는 거의 매일같이 낮에는 점을 보고 밤에는 굿을 하러 나갔다. 엄마는 단란주점의 문을 닫고 김 장사만을 유지했는데, 김 장사는 오로지 새아빠의 몫이었다.

　나는 잘 몰랐지만, 엄마의 신통력은 실로 날이 가면 갈수록 대단한 것같이 느껴졌다. 한번은 나도 모처럼 학교에 가지 않는 날이라 집에서 있었는데 갑자기 신당에서 엄마의 큰 목소리가 들려왔다.

"네가 감히 여길 어디라고 들어와!! 너 한두 번이 아니구나? 응?"

엄마의 큰 목소리와 함께 신당의 문이 열렸고, 신당에서는 어떤 사내가 무릎을 꿇고 있었고 엄마가 서서 흥분한 상태였다. 그리고 엄마의 손에는 신장 칼이 들려 있었다. 엄마는 그 신장 칼로 그 사내의 머리 가운데를 겨냥한 채로 그 사내에게 몰아붙였다.

"너 무당집만 골라서 다니면서 강도짓 하고 털어 가는 놈이구나? 응? 너 밖에 네 친구 또 있지?"

"예?? 그… 그… 그게…."

분위기를 봐서 그 사내가 무당집을 전문적으로 털러 다니는 전문 털이범과 같이 느껴졌고, 밖에서 있던 웬 부부 중에 남편이 신당 앞까지 다가왔다. 엄마는 그 남편에게 말했다.

"대주님! 이 새끼 이거 뒤져봐요. 신분증 있나."

"예?? 아… 예. 보살님."

그러나 그 남편은 힘으로 그를 제압하면서 몸을 뒤적거려 지갑을 꺼내었고, 그 지갑을 열고 신분증을 빼내었다. 그리고 그걸 보고 그 남편이 말했다.

"이… 이거 위… 위조 같은데요?"

당시에는 신분증이 코팅지 같은 것에 코팅이 된 상태여서 그 코팅지만 살짝 벗겨내면 사진을 바꾸어 위조하기도 쉬운 신분증이었다.

 그리고 엄마는 신이라도 실린 듯이 대로하였고, 그 순간 들고 있던 신장 칼로 그 사내의 머리를 내려치려고 했다. 아무리 신장 칼이 날이 없는 칼이라고 하더라도 그 상태에서 내리치면 사태가 더욱 심각해질 것임은 자명했다.

 그런데 그 순간 그 사내의 머리통에 신장 칼의 날 쪽이 아닌 손잡이 쪽으로 얻어터졌다. 엄마가 순간적으로 신장 칼을 거꾸로 잡고 내리친 것이다. 나중에 그 사내를 경찰에 넘기고 들어보니 엄마 또한 그대로 내리치면 안 된다는 사실을 인지하고 있었고, 흥분한 상태였지만 순간적으로 신장 칼을 거꾸로 돌려 잡아 손잡이로 대갈통을 때렸다고 했다.

 그 광경을 거실에 있던 모든 손님이 다 목격했다. 그 이후로 엄마는 더욱 신통한 보살이라고 소문이 나서 손님들이 더더욱 많아진 일도 있었다.

 그런데 엄마는 날이 가면 갈수록 고민이 깊어졌다. 자기가 굿을 떼어 신 엄마에게 가져다주면 늘 17만 원, 20만 원, 아주 많으면 30만 원 정도밖에 주지 않으니 우리 생활은 전적으로 김 장사에서 나오는 수익으로 유지해야만 했다.

 그래도 엄마는 무당의 길을 포기하지 않고 계속 갔고, 엄마는 엄마 나름대로 그 신 엄마께 신 딸로서의 도리를 다했다. 그러던 어느 날, 그날도 낮에 손님을 보고 밤이 되어 굿당에서 굿을 하는 날이었다.

　한바탕 신 엄마와 신 할머니의 굿거리가 끝나고 잠깐 쉬는 시간이 되어 엄마는 밖으로 나와 담배에 불을 붙였다. 그런데 엄마의 귓가에 이상한 소리가 들려오기 시작했다고 했다.

　엄마는 그 이상한 소리에 자기도 모르게 이끌려서 그쪽으로 걸음을 했고 다다른 곳은 엄마가 굿을 하고 있는 1호실 옆 옆에 있는 3호실 방이었다. 그런데 그 이상한 소리의 정체는 바로 국악 피리 소리였다고 했다.

　엄마는 그 아름다운 피리 선율에 정신이 나가서 담배가 타들어 가는 줄도 모르고 밖에서 한참을 쳐다보고 있었다고 했다. 그때 굿당에서 일하는 주방 이모가 그 방으로 들어갔다가 나오는데 엄마는 다급하게 그 이모를 잡고 물었다.

　"이모. 저~기 있는 국악 선생님 부르려면…. 도대체 얼마짜리 굿을 떼어야 부를 수 있어요?"

　"예? 흠…. 잘은 모르는데…."

　"난 천만 원짜리 굿인데…. 저런 분을 부르려면 한 2천만 원짜리 떼어야 불러요?"

　그러자 그 주방 이모는 기겁하며 대답했다.

　"예?? 아휴… 그게 무슨 소리예요. 천만 원싸리면 부르고도 남지. 내가 저 국악 선생님이 얼마 받는지까지는 모르지만, 그 정도는 아니에요."

　"그… 그럼 저어기 저 선생님은요?"

엄마의 눈에 또 들어온 것은 그 국악 피리 선율에 춤을 추고 있는 그 방의 또 다른 무당이었다.

"아… 저 선생님은 태성 엄마라고… 한양굿 하시는 선생님이에요."

"한양굿이요? 그게 뭐예요?"

그러나 그 이모가 한양굿이 뭔지 대충 이야기는 해주었지만, 엄마는 잘 이해하지 못했다고 했다. 하지만 분명한 것은 엄마의 신 엄마가 하는 굿하고는 180도가 다른 굿이었고, 품격 자체가 다른 굿이었다. 엄마는 머리가 비상한 사람이었다. 그 순간 자신의 신 엄마가 하는 굿과 3호실에서 하는 굿이 차원이 다른 것임을 깨닫고 서서히 이건 아니다 라고 생각이 들기 시작했다고 했다.

그리고 또다시 엄마의 굿판으로 돌아와서 굿을 보는데, 국악 피리의 선율 없이 징과 장구, 그리고 심벌즈같이 생긴 제금이라는 악기들로만으로 우당탕탕거리는 시끄럽기만 한 굿처럼 느껴졌다고 했다. 엄마는 그때부터 사태의 심각성을 느꼈다고 했다. 엄마는 속으로 '아… 이게 아니구나.' 하고 확신을 하며 느꼈다고 했다.

정말 본인과 신 엄마, 그리고 신 할머니가 하는 굿과는 너무나도 차이가 많은 굿이었다. 엄마는 그날부터 엄마가 그 태성 엄마라는 사람처럼 국악 피리의 선율에 아름답게 춤을 추며 굿을 하는 모습을 상상하면서 선율에, 또 춤사위에 빠졌다고 했다.

그리고 마침내 엄마는 본인의 신 엄마에게 정정당당하게 찾아가서 무릎을 꿇고 말했다고 했다.

"어머니, 저 독립하겠습니다."

그러자 그 신 엄마라는 사람은 예상대로 난리가 났다. 그렇게 엄마가 말하기까지 약 100일이라는 시간이 걸렸는데, 그 100일 동안에 몇천만 원 이상을 벌어다 준 돈줄이 나가겠다고 선포하는데 난리가 안 날 신 엄마는 없었다.

엄마는 그 신 엄마에게 별의별 욕을 다 들었다고 했다. 난생처음 누군가에게 맞아본 적도 처음이라고 했다. 내 친아빠도, 새아빠도 살림을 부수긴 했지만, 엄마를 때리지는 않았는데, 그 신 엄마는 엄마의 뺨을 수차례나 때려가며 욕을 퍼부어 댔다고 했다.

엄마는 그렇게 신 엄마로부터 맞으면서 독립을 했다. 그리고 자신도 그런 국악 피리 선율에 신복을 펄럭이며 춤사위를 추는 굿을 배우려고 일단 무당 용품을 파는 '만물사'라는 곳을 무작정 찾아가서 엄마가 설명하는 그 굿은 '한양 12거리'라는 굿이라는 사실을 알게 되었고, 천만 원이면 그런 뛰어난 무당 선생님도 많이 부르고, 국악 선생님도 부를 수 있는 금액이라는 정보까지 얻었다.

사실을 알고 나니까, 자신의 신 엄마라는 사람은 여태까지 얼마나 많은 돈을 갈취했나 알게 되었고, 그 사실에 분했지만, 엄마는 자신이 이렇게 '한양 12거리'에 눈을 뜨기 위해 값을 치렀다고 생각하고 그때부터 '한양 12거리'를 배우려고 마음을 먹었다고 했다.

그런데 그렇게 마음을 먹었는데, 정작 손님이 하루아침에 뚝 끊겨버린 것이다.

"저기… 아줌마!! 점 보실래요? 울 엄마가 무당인데요. 제가 데리고 가면 5천 원이면 점 봐줘요."

"뭐어?? 하하….".

 어느 날, 그 바쁘던 엄마가 갑자기 며칠 동안이나 집에 계속 있으면서 한가한 시간을 보냈다. 나는 그게 좋았지만, 엄마는 날이 가면 갈수록 애타기만 하는 것 같았다. 그런데 어느 날 엄마가 전화 통화하는 소리를 들었는데, 손님이 없어서 미쳐버리겠다는 소리를 들은 것이다. 그래서 나는 그 길로 밖으로 나가서 마치 동대문의 옷 장사 삐끼처럼 지나가는 아줌마만 보면 "울 엄마 무당이니까 점 보러 와요." 소리를 하며 손님을 끌고 왔다.

 엄마는 그런 소리를 듣고 화는커녕 어이가 없어서 헛웃음만 지었고, 엄마가 그러지 말라며, 다음에 또 그러면 혼난다며 나에게 경고를 하는 바람에 내 삐끼 노릇도 그만둬야 했다. 그리고 다음 날, 나는 아침에 자리에서 일어나 엄마한테 눈을 비비며 갔다. 그리고 엄마한테 말했다.

 "엄마~ 꿈에~"

 엄마는 처음에는 시큰둥하게 듣다가, 내 꿈 이야기를 듣고 표정이 바뀌었다.

 "엄마. 꿈에 아주 쪼끄마한 어린애가 날 더러 우리 집에 무서워서 못 들어오겠다고 막 울었어. 한…. 6~7살 됐으려나?"

 "그, 그래??"

 "무슨 꿈이야?"

 그러자 엄마는 당황한 기색을 보이며 아무것도 아니라고 둘러댔고, 그로부터 3일 후, 또다시 우리 집은 손님들로 북적북적하게 됐다. 나중에 다 크고 나서 엄마에게 들은 소린데, 엄마는 손님이 하루아침에 끊기게 된 것이 심상치 않다고 느끼고 있었던 찰나에 내가 그 꿈 이야기를 하는 바람에 뭔가 일이 있구나 하고 느꼈다고 했다.

그래서 엄마는 신당에서 저녁 11시가 되어 자시(子時) 기도를 하게 되었고, 엄마가 기도하다가 갑자기 나와서 우리 집 현관문 밖으로 향했다.

"현이 아빠!! 이리 와봐."

새아빠가 가자, 엄마는 현관 앞에 흙만이 담긴 채 버린 커다란 화분이 있었는데 그걸 새아빠를 보고 들어서 엎으라고 한 것이다. 그러자 새아빠는 시키는 대로 했다.

그런데 새아빠가 그 화분을 엎자, 흙이 쏟아져 내렸고 그 속에서 동자 불상의 깨진 머리통이 나온 것이다. 알고 보니 신 엄마라는 사람이 우리 엄마가 모시는 신들 중에 동자신이 가장 영험하다는 사실을 알고 그런 몹쓸 비방을 한 것이다.

엄마는 새아빠를 데리고 당장 그 신 엄마의 신당으로 갔다. 그리고 그 동자 불상 머리통을 신 엄마의 점상 위에 '탁' 하고 놓고는 엄포를 놓았다.

"앞으로 이런 장난 짓거리 하면 용서 안 합니다. 제가 신어머니로 예의를 차려드리는 것은 여기까지입니다. 이딴 짓거리 하지 마십시오. 네?"

"뭐? 이, 이런! 누구 덕분에 무당 짓거리를 하고 있는데!!"

그리고 엄마는 뒤도 돌아보지도 않고 신 엄마의 신당을 나왔고, 그때부터 엄마의 '한양 12거리' 굿 배우기 프로젝트는 시작되었다.

엄마의
슬픈 예견

그 신 엄마라는 사람이 설치해 놨던 동자 불상 목을 치우자, 거짓말처럼 다음 날부터 손님이 조금씩 오기 시작했다. 엄마는 늘 열두 신령님 중에서도 동자신이 가장 영검하다고 그래왔는데, 언젠가 한 번은 엄마 몸에 그 동자신이 실려서 내게 말했다.

"형아는 학교 끝나면 맨날 맨날 요구르트하고 초코파이 사 먹지?"

어떻게 알았는지 알 수는 없었으나, 아무튼 나는 그때부터였다. 왠지 동자신이 날 감시하고 있다는 생각에 못된 행동을 하면 안 될 것 같은 느낌적인 느낌이 들었다. 그래서 늘 나는 그 나이에 해서는 안 될 비행을 생각하는 것조차 어려웠다. 그건 엄마 말고는 아무도 모르는 일이지만, 일부러 내게 충격요법 삼아서 그런 소리를 한 것인지 진짜로 동자 신이 실려서 내게 한 소리인지는 나이가 든 지금도 알 수가 없는 노릇이다.

엄마의 그 신기한 신통력은 그로부터 얼마 지나지 않아서 몸소 느낄 수 있었다. 엄마의 손님 중에서도 자주자주 왔다 갔다 하는 단골들은 내게는 '이모'였다.

나는 그 이모들이 오면 주로 커피를 타주었는데, 이모마다 입맛이 다 달라서 어떤 이모는 커피, 설탕, 프림이 두 숟가락씩 들어간 다방 커피를 드시는 이모가 있는 반면, 커피 반 스푼만 넣어 블랙커피를 드시는 이모, 커피 반 스푼, 설탕 반 스푼을 넣어 약간 달달한 블랙커피를 드시는 이모도 있었다. 나는 그 이모들의 커피 스타일을 다 외워서 이모들이 따로 주문을 하지 않아도 알아서 각기 입맛에 맞춰서 커피를 내왔다.

우리 집으로 오는 단골 이모들 중에는 갖가지 직업을 가진 이모들, 전업주부인 이모들 등이 많이 왔지만, 그중에서도 화류계에 있는 이모들이 상당히 있었다. 특히 그런 화류계에 계신 이모들은 내가 자신의 입맛에 맞는 커피를 타다 주면 늘 내게 만 원씩 용돈을 주었다. 그래서 나는 그런 이모들이 오는 것이 좋았다. 그중에서도 희진이 이모는 내가 커피를 타줄 때마다 웃으면서 용돈을 많이 주는 이모 중의 하나였다.

"음~ 역시. 커피는 우리 재성이가 잘 타~"

하면서 희진이 이모가 또 핸드백을 열어 돈을 꺼내더니 내게 건네주었다. 엄마는 그걸 보고 말했다.

"얘!! 무슨 돈을 매번 이렇게 주니…. 안 줘도 돼~"

"에이… 많지도 않은데 뭘~ 재성아. 괜찮아. 받아도 돼…. 응~~"

나는 또 엄마한테 한 차례 맞을까 봐 엄마의 눈치를 보다가 어쩔 수 없이 받는 척 받아 감사 인사를 했다. 덕분에 내 지갑에는 늘 돈이 마르지 않았다.

엄마는 늘 아침 6시가 되어 일어나면, 씻고 나서 커다란 주전자를 가지고 신당으로 들어간다. 그리고 그 주전자에 신당 위에 올려져 있는 옥수 그릇에 담긴 물을 거두어들인다. 그리고는 그 주전자에 새로 물을 담아다가 빈 옥수 그릇에 새로 물을 갈아 넣는다.

그때까지만 해도 그쪽으로 관심을 가지면 귀싸대기를 맞는 때라서 물어보지는 못했지만, 나중에 서서히 암묵적으로 허락이 되고 나서 알게 된 사실인데, 그 옥수 그릇에 담긴 물은 아마도 신령님께 올리는 일종의 '밥' 같은 것이라고 생각된다.

아무튼 엄마는 그렇게 옥수를 다 갈고 나면 신당 한가운데 앉아서 기도를 한다. 그날도 어김없이 아침에 기도를 하더니 누군가에게 급하게 전화를 걸었다.

나는 학교 가기 전이라 엄마의 통화를 엿들을 수 있었는데, 대화를 보니까 아마도 내가 좋아하는 희진이 이모 같아 보였다.

"얘. 진아. 자고 있었니?"

희진이 이모는 그쪽에서 일하는 사람이라 주로 이런 이른 아침에는 늘 자고 있다. 그런데 그걸 아는 엄마가 희진이 이모를 아침부터 전화를 해서 깨운 것이다.

"진아. 정신 차리고… 잘 들어."

엄마는 기도를 마치더니 약간은 심각한 표정을 짓고 희진이 이모랑 통화를 했다. 엄마의 통화를 들어보니까 아마도 너무 이른 아침이라 이제 막 잠에서 깨어서 정신이 없는 것 같았다. 그래서 계속 정신을 차리고 똑바로 들으라는 소리를 몇 차례나 하고 깬 것을 확인한 뒤에야 엄마가 말했다.

"진아. 오늘은 출근하지 말고 집에서 쉬어. 응?"

엄마의 표정을 보니까 꽤나 심각했다.

"그래. 언니가 기분이 안 좋아서 그래. 오늘은 언니 말 좀 듣고…. 절대로 출근하지 말어. 응? 무슨 말인지 알아들었어?"

그러고도 몇 번이나 더 확인한 뒤, 알았다고 대답을 들은 뒤에야 전화를 끊었다. 나는 그렇게 전화 통화를 끊은 엄마에게 도대체 왜 그런 것이냐고 물어보고 싶었지만, 또 엄마에게 물어본다면 100%의 확률로 싸대기가 날아온다는 걸 알기 때문에 관심을 끊어야 했다.

그런데 엄마가 왜 희진이 이모한테 출근하지 말라고 그랬는지를 그다음 날 알 수 있었다. 그것도 뉴스에서 말이다.

TV에서는 동두천의 한 유흥업소에서 살인사건이 일어났다는 뉴스였다. 뉴스는 동두천 한 유흥업소에서 '양 모 씨'라는 여직원이 벌거벗겨진 채로 화장실에서 살해당했다는 소식이었다.

엄마는 어디선가에서 전화를 받더니, TV를 틀어 그 뉴스를 확인

하고는 목 놓아 울었다. 알고 보니 엄마가 그토록 출근하지 말라고 했는데, 엄마의 공수[1]를 무시하고 출근했는데, 화장실에서 어떤 남자로부터 강간을 당한 뒤 살해를 당했다는 것이다.

그때 나는 워낙 어려서 '강간'이라는 것이 정확히 어떤 일인지는 알 수 없었으나, 확실한 것은 희진이 이모가 돌아가셨다는 것이다.

그건 나이가 어린 내게도 상당한 충격이었다. 희진이 이모가 돌아가셨다는 것 자체로도 충격이었으나, 우리 엄마가, 김을 팔던 우리 엄마가 그 죽음을 예견했다는 사실이 믿기지 않았다.

그 사건은 내가 무당으로서 우리 엄마는 '과연 대단한 사람'이라고 인정하게 된 첫 번째 계기가 되었다. 그래서 나는 중학교에 진학하고 나서도 시험을 볼 때면 항상 속으로 '동자야 형 좀 도와줘~' 하고 비는 습관이 생겼다.

엄마는 희진이 이모가 죽은 이후로 며칠 동안을 슬픔에 잠겨서 오는 손님도 거부했다. 아마도 짐작건대, 자신이 왜 더 발 벗고 말리지 못했나? 내 입으로 나온 점을 왜 내가 확신을 갖지 못했나? 싶은 마음에 좌절감에 빠졌을 것이다.

무당은 일반인이 도저히 느낄 수 없는, 알 수 없는 비애에 젖은 직업이다. 엄마의 말로는 무당은 내 부모가 돌아가셔도 갈 수 없다고 했다.

---

[1] 공수: 무당이 신(神)이 내려 신의 소리를 내는 일. 무당이 죽은 사람의 넋이 하는 말이라고 전하는 말.

무당은 잡귀를 내쫓는 사람이라, 무당이 상갓집에 가면 자신의 부모를 데리러 온 저승사자를 들어오지 못하게 하고, 그 부모의 혼 역시 갈 곳을 제대로 못 가기 때문에 그렇다고 했다.

엄마가 희진이 이모를 잃고 정신을 차린 것은 거진 한 달 정도가 되는 것 같았다. 겨우겨우 정신을 차리고 엄마는 본격적으로 '한양 12거리'를 배우기 위해서 무속용품점을 파는 만물사로 향했다.

다행히 엄마가 설명하는 그 '태성 엄마'는 그 무속 세계에서도 꽤나 유명한 사람이었나 보다, 다행히 만물사에서도 연락처를 알아서 엄마는 신 엄마로부터 독립하여 첫 굿판을 열었다.

엄마는 그 '한양 12거리'라는 것에 대해서 1도 모르는 상태라 모든 것을 그 '태성 엄마'라는 사람에게 맡겼다.

그 굿판에는 태성 엄마를 포함한 무당 3명과 국악기 중에서도 피리를 부는 악사 한 명이 팀을 이루도록 구성하였다.

그 태성 엄마를 불러서 하는 한양 12거리는 자신의 신 엄마가 하는 굿과는 정말 차원이 달랐다. 자신의 신 엄마가 하는 굿은 징과 제금, 장구 등을 정해진 박자도 없이 그냥 마구 때려대는 굿같이 느껴진 반면, '태성 엄마'가 하는 굿은 너무나 웅장한 느낌이었다. 게다가 피리 소리까지 더해지니 그 분위기는 한마디로 예술이었다.

그 굿은 장구조차도 정해진 박자가 있으며, 장구와 제금, 그리고 피리 소리가 너무나 절묘하게 어우러져 엄마의 가슴을 벅차게 했다.

그 굿을 처음으로 자세히 본 엄마는 집으로 돌아와서도 온통 그 생각으로 잠겼다. 하지만 그때는 인터넷도 없던 시절이었고, 게다가 그 무당들이 말하는 이른바 '문서[2]'도 알려주지 않기 때문에 어떻게 배워야 하는지 고민에 빠졌다.

지금에 와서 나는 그 한양굿이라는 굿거리가 어떻게 돌아가는지, 그 '문서'라는 것은 어떤 규칙이 있는지 알고 있다. 하지만 그때는 그 '문서'를 얻어내기 위해서 갖은 노력을 다해도 잘 얻어지지 않는 문화였기 때문에 엄마는 머리를 썼다.

'태성 엄마' 같은 선생님이 한 거리가 시작이 되면, 엄마는 옆에 딸린 화장실로 들어갔다. 그리고 화장실 문에 귀를 바짝 붙이고 속치마에서 종이와 펜을 꺼내 한 마디 한 마디씩 적는 방식으로 문서를 빼낸 것이다.

그렇게 하려면 엄마의 굿이 엄청나게 많아야 했다. 그래서 엄마는 그 굿을 배우기 위해서 굿판을 열지 못하는 적은 금액에도 굿판을 열었다. 본인이 한 푼도 가져가지 못해도, 심지어는 본인 돈이 더 들어가는 한이 있어도 굿판을 열었다. 그렇게 해서 하나씩 하나씩 그것도 조금씩 조금씩 적어 짜깁기를 해서 완성을 해나갔다.

그렇게 엄마는 스스로 선생님이 되어 스스로를 가르쳤다. 나중엔 한양굿에서도 눈을 또 뜨고 보니까 '태성 엄마' 같은 선생님의 부류 중에서도 급이 나뉜다는 것을 알았고, 엄마가 부른 '태성 엄

---

[2] 문서: 굿을 할 적에 무당들이 하는 주문과도 비슷한 것.

마'는 그저 그런 B급 선생님이라는 것도 알게 되었다.
  그리고 어느 날, 엄마는 지리산으로 기도를 다녀오더니 갑자기 이사해야겠다고 선언했다.

내가 겪은
이태원 무당 엄마

 엄마가 무당이 되고 나서는 엄마가 날 챙겨주는 일은 더욱 드물었다. 그래도 무당이 되기 이전에는 내가 소풍을 간다고 하면, 김밥은 아니더라도 맨밥에 김치를 싸주기라도 했는데, 무당이 되고서부터는 신경을 안 쓰거나 돈으로 때우기도 했다.

 그런 사실을 엄마 자신도 느꼈는지, 어느 날부터는 우리 집에 외할머니가 오셨다. 못된 외삼촌들이 외할아버지가 돌아가시고 나서부터는 외할머니를 모시는 것을 다들 꺼리거나 신경조차 쓰지 않았다.

 엄마는 아주 어렸을 때부터 7남매 중에서 장녀 노릇을 했다고 했다. 엄마가 7남매 중에서 엄마 밑으로는 혁이 삼촌 하나뿐인 막내인데 말이다.

　외할머니를 모신다는 것은 상당히 어려운 일이었다. 외할머니가 모든 살림을 도맡아서 도와주셔서 엄마가 조금 더 수월하게 신을 모실 수 있었지만, 그 이면에는 '경상도' 출신의 성격이 아주 일품인 여인이었으니까 말이다.

　우리 외갓집 사람들은 죄다 경상도 사람들이다. 그래서 그런지 명절 같은 날에 같이 모이면 그들의 평범한 대화조차 싸우는 것처럼 들린다.

　외할머니는 무언가 불만이 있으면 처음엔 엄마를 갈구다가 엄마에게는 통하지 않자 그 타깃을 나한테 돌려서 초등학교 6학년인 내게 퍼부어 대셨다.

　"느그 엄마한테 가서 일러라!!! 할매가 그러더라구!"

　분명 무언가 불만이 있는데 그걸 엄마한테 퍼부어 대면 분명 득달같이 달려들 게 뻔하니까 대신 나한테 퍼부어 대면 내가 엄마한테 이르게 되니까 나에게 퍼부어 대는 것이다. 엄마의 귀에 들어가라고 말이다.

　드디어 내 초등학교 학업이 모두 끝났다. 내가 국민학교 5학년 때 국민학교가 초등학교로 바뀌었다. 그래서 나는 국민학교를 입학해서 초등학교를 졸업했다.

　'입학' 하니까 문득 생각났는데, 나는 그 '입학'이라는 놈을 제대로 해본 적이 없었다. 국민학교 입학식 날에는 엄마가 모는 오토바이 뒤편에 타고 학교 입구에서 내려서 운동장으로 걸어가는 데 문제가 있었던 것이다.

저 멀리서 입학생으로 보이는 어린애가 걸어오는데, 어기적어기적 걸음을 못 걷는 것이다. 마치 장애가 있는 것처럼 보였을 것이다. 그 시절에는 '장애'에 대해서 편견이 매우 심할 때였는데, 우리 담임 선생님 역시 멀리서 장애가 있는 것처럼 보이는 학생이 어기적어기적 걸어오니까 가슴이 철렁했다고 했다.

엄마는 담임 선생님께 다다랐다. 그리고 담임 선생님이 나에게 장애가 있느냐고 물어봤는데, 엄마는 웃으면서 아니라고 말했다.

"하하하…. 그게 아니라… 재성이가 꼬추 수술을 했거든요…. 그래서…."

"아! 그랬군요…. 하하…."

그 시절 남자애들은 거의 백이면 백 '이것'에 자신의 고추를 팔아먹는다. 나 역시 그랬다. 엄마가 어떤 감언이설로 나를 꼬셔도 넘어가지 않았는데, 그놈의 빌어먹을 '돈가스'에 내 고추를 팔아넘기고 말았다.

암튼 그 이후 내 담임 선생님은 자기가 맡은 아이 중에서 장애가 있는 아이가 있는 줄 알고 가슴이 철렁했다는 이야기를 엄마한테 대놓고 농담처럼 던졌다.

그리고 중학교 입학식에는 하필 입학식 3일 전쯤 맹장이 터져서 맹장 수술을 했다. 그때는 맹장 수술을 하더라도 배에 15센티미터가 넘게 칼로 갈라 수술을 했기 때문에, 아직도 그 흉터가 남아 있다. 아무튼 그래서 국민학교도, 중학교도 입학식을 모두 망쳤다.

 내가 중학교에 들어가서 1학기가 미처 지나지 않았을 무렵 엄마는 전라도 지리산으로 기도를 떠났다. 엄마는 주로 지리산 구룡폭포 근처의 기도터에서 기도를 하는데, 엄마의 말로는 그 폭포에서 기도를 하면서 이런 기도를 했다고 했다.

 자기가 한양굿이라는 것에 눈을 뜨고 보니까 지금처럼 눈이 나빠서 안경을 쓰고 있으면 상당히 불편할 것이라고 생각을 했다고 했다. 그래서 그 폭포에서 자신의 신령님께 담판을 짓듯이 기도를 했다고 했다.

 '내가 굿을 안경 쓰고 하게 할 것이 아니면 이 어두운 눈을 밝게 해달라.'라고 말이다.

 그런데 믿거나 말거나지만, 실제로 그 이후로 집에 돌아온 엄마는 갑자기 안경을 쓰지 않았다. 그러고 엄마는 기도를 마치고 돌아오더니 갑자기 뜬금없이 가족들에게 말했다.

 "우리가 이사 가야겠다."

 "엥?? 갑자기? 어디로?"

 "응. 서울로, 그런데….""

 그런데 엄마는 당분간은 엄마가 먼저 서울로 가고 나머지 가족들은 계속 의정부에 남아 있으면 정착을 한 뒤에 불러들인다고 했다. 그래서 엄마는 정말 며칠이 지나지 않아서 나와 외할머니, 그리고 동생을 남겨놓고 서울로 이사를 가버렸다.

 엄마가 서울로 이끌려 가서 다다른 곳은 바로 용산구에 있는 이태원이었다. 이태원에는 이슬람사원이 있는데 그곳에서 대략 100미터 떨어진 곳에 반지하를 얻었다. 그 당시 엄마는 빚이 어마어마했으니까, 이사를 한다는 것은 엄청난 도전이었다. 이사를 하는 비용도 비용이거니와, 현재 엄마의 단골들은 죄다 의정부에 살거나 의정부 근처 동두천, 양주 등지에 몰려 있으니까 단골 잡기부터 처음부터 다시 해야 하니까 말이다.

아니나 다를까 엄마가 이태원에 들어서서 '왕룡암'이라는 간판을 내걸고 신당을 오픈했는데, 예상했던 것처럼 손님이 개미 새끼 한 마리조차 없었다. 무려 한 달이 넘는 기간 동안 말이다.

엄마가 독립하고 나서 거의 처음이었다. 이렇게 손님이 없어 보기는 말이다. 엄마는 사태의 심각성을 깨닫고 이태원이라는 동네를 분석해 보기로 했다.

엄마는 신당에서 나와 이태원을 돌아다니며 분석했는데, 신당에서 몇 발짝 떨어지지도 않았는데 눈에 확 들어오는 것이 있었다. 그건 바로 낮엔 조용하고 밤이 되면 화려한 간판의 불이 켜지면서 사람이 많아진다는 사실이다. 바로 이태원의 유흥거리였다.

그 당시 이태원은 찢어지게 가난한 동네이기도 하지만 동시에 밤이 되면 수많은 술집과 나이트의 간판이 켜지고 밤새도록 쿵작쿵작하는 그런 동네였다. 그래서 엄마의 신당에는 손님이 없었던 것이다.

이놈의 동네는 낮이면 죄다 들어가서 잠을 자고, 밤이 되면 개떼처럼 나오니 이런 동네는 난생처음 본 것이다.

그래서 엄마는 전략을 바꾸었다. 엄마도 낮에 쉬고 밤에 간판의 불을 켜놓고 손님이 들어오길 바란 것이다. 그런 엄마의 전략은 예상 적중했다. 정말로 밤에 간판의 불을 켜놓으니까, 손님이 들어오는 것이다.

물론 그때부터 엄마의 주된 손님은 화류계 사람들이었다. 그런데 동두천이나 양주에 있던 그 '희진이 이모' 같은 부류와는 다르게 손이 엄청 큰 사람들이라는 점이 다르다면 다른 것이다.

엄마에게 달라진 점은 그뿐만이 아니었다. 의정부에 있을 적에는 주로 사람들의 '운'이라는 놈을 맞이하는 '운맞이굿'이 주를 이루었다면, 이태원에서는 성격이 조금 다른 굿이 주를 이루었다.

"엄마. 나 꿈을 꿨는데…."

나는 항상 이상한 꿈을 꾸면 아침에 깨자마자 엄마한테 전화해서 내 꿈 이야기를 한다. 내가 그런 이상한 꿈을 꾼다는 자체가 신기했고, 또 나중에는 잘은 몰라도 그 꿈이 얼추 맞아 들어가는 것도 신기해서 그랬다. 반면, 엄마는 아들이 그렇게 딱딱 들어맞는 꿈을 꾼다는 사실이 안타까웠을 것이다. 원래는 자신이 아닌 아들이 신내림을 받고 무당이 될 팔자였는데 대신 받은 격이니 말이다.

"무슨 꿈 꿨는데?"

"응…. 꿈에 그 있지…. TV에서 나오는 장군 같은 사람…. 그런 사람이 커다란 칼을 나한테 휘두르면서 막 쫓아오는 꿈을 꿨어."

엄마는 그 꿈 이야기를 듣더니, 웬일인지 그 꿈에 대해서 해석까지 해주는 것이었다. 그 꿈은 바로 엄마가 곧 작두를 타게 될 것이라는 꿈이라는 것이다.

처음이었다. 엄마가 그런 무속적인 이야기를 내게 이야기를 한 것이 말이다. 나중에 왜 그랬냐고 물어보니, 그때부터는 엄마가 무당으로서 나의 그러한 신가물(신의 기운)을 컨트롤할 수 있을 정도로 성장했다고 생각이 되어서 그랬다는 것이다.

그래서 그 이후로 이따금 나도 엄마가 굿을 하는 굿판에도 가볼 수 있게 되었고, 신당에서 절을 하는 것도 허용이 되었다.

그리고 의정부에서 중학교 1학년 1학기를 다 마치고 우리 나머지 가족들은 모두 서울로 이사를 했다. 물론 엄마가 있는 신당으로 이사를 간 것이 아니라 신당으로부터 약 50미터 정도 떨어진 건너편 반지하로 이사를 하게 되었지만 말이다. 뭐, 덕분에 나는 외할머니랑 같이 살면서 외할머니의 그 푸념을 내가 다 커버해야 했지만 말이다.

참, 이태원으로 온 엄마의 주된 굿은 바로 '작두굿'이었다. 엄마에게 오는 화류계 이모들은 주로 자신들에게 돈줄이 되는 손님을 만나게 해달라거나, 그런 쪽에 있기 때문에 늘 관재수[3]와 가까이 하게 된다. 그래서 그 관재수를 젖히게 해달라는 의미로 '작두굿'을 한다.

---

3 관재수: 관청으로부터 재앙을 받을 운수.

엄마의 첫 작두굿에는 나도 따라가게 되었다. 게다가 그 굿판에는 또 한 사람, 혁이 삼촌이 가게 되었다. 혁이 삼촌은 자기 누나가 정말 무당인지 의심을 하던 사람이다.

"앗…. 크… 아파라."

혁이 삼촌은 겁도 없이 엄마의 작두날을 손으로 스윽 만지며 그어본 것이다. 덕분에 혁이 삼촌의 손가락이 갈라지며 피가 흘렀지만 말이다.

엄마는 작두의 여왕이었다. 사실, 엄마에게 굿을 걸었던 사람들이 전부 제대로 된 돈을 내고 굿을 한 것은 아니었다. 엄마는 그 한양굿을 배우기 위해, 그리고 한번 피리 악사를 쓰고 보니까 피리 없이는 굿을 할 수 없게 된 것이다.

그래서 엄마는 아주 적은 돈에도 굿판을 열었다. 사실상 굿판이 아닌 규모가 적은 '치성'을 해야 할 금액에도 엄마의 돈을 더 보태서 굿판을 열었다. 엄마는 돈보다 한양굿을 배우는 것에 목적을 뒀기 때문에 굿판 자체가 필요한 것이다.

내가 겪은
엄마의 한양 12거리

 엄마가 먼저 서울 이태원에 갔고 두어 달 있다가 남은 가족 역시 서울 이태원으로 이사를 했다. 내가 지내는 곳은 엄마의 신당 건너편에 있는 반지하였다. 나는 내심 서울이라고 해서 의정부에 살던 곳보다 더욱 좋을 줄 알았다. 하지만 더욱 좋기는커녕 더 좁고 방도 2개, 게다가 반지하라니 약간은 실망한 것은 사실이었다.
 엄마는 나를 데리고 그 지역 교육지원청으로 가서 전학 신청을 했는데, 엄마는 왠지 오산중학교에 떨어지길 바랐다. 그런데 정말로 엄마의 바람대로 오산중학교에 배정이 되었고 그리로 전학을 갔다.
 오산중학교는 교문으로부터 걸어서 5분 정도 올라가면 비로소 중학교 건물이 보였다. 학교의 부지는 정말 넓었으며 건물 자체가 뫼 산(山) 자처럼 생겼다.

나는 솔직히 의정부에서 전학을 왔다고 해서 애들이 내게 텃세를 부릴 것이라고 생각을 했다. 그런데 전학 첫날부터 어떤 애가 내 등 뒤로 와서 뒤에서 날 끌어안은 모습으로 친하게 굴었다.

다행이었다. 서울 애들은 의외로 착했다. 등 뒤에서 날 끌어안고는 내게 이것저것 묻기도 하고 웃고 떠들어 대고 친하게 굴었다. 그런데 그 친하게 굴었던 행동이 진실이 아니라는 것을 알게 된 것은 아주 멍청하게도 전학 후 3일이나 지나서였다.

처음엔 외할머니가 내 교복 상의를 보고 이렇게 말씀하셨다.

"재성아. 뭘 이렇게 묻혀 왔냐? 에그… 이거 물감이네…. 빨아도 안 지는데 참말로."

"어? 언제 묻었지? 오늘 미술 시간도 없었는데?"

나는 그 물감 자국이 그저 애들과 놀다 보니 묻은 자국인 줄 알았다. 그런데 그 물감 자국은 그다음 날도, 또 그다음 날도 있었다.

외할머니는 항상 내 교복을 매일같이 빨아서 다림질까지 해서 주는데 내 새 교복에 물감을 매일같이 묻히고 오는 것을 보시고는 내게 칠칠치 못하게 이런 걸 계속 묻히고 온다고 야단이셨다.

그리고 4일째 되는 날, 그날도 별 이상 없이 등교를 했는데, 쉬는 시간에 항상 내 등 뒤에서 날 끌어안고 내게 친하게 말도 붙여 줬던 애가 멀리서 손에 아크릴 물감을 쥐고 있는 것이 보였다.

알고 보니 그 애와 그 무리들이 내가 의정부 시골에서 전학을 왔다며 날 놀려댄 것이다. 어쩜 물감을 묻혔다는 사실도 당당하게 말을 하는지 뻔뻔함의 극치였다.

　나는 오늘날에도 이런 불합리한 사실이 있으면 주저 없이 주변에 알린다. 내가 그런 불합리한 것을 당했다는 사실을 널리 알리는 것이다. 그건 내가 중학교 때에도 그랬다. 아마도 그 애들이 내게 물감이 아닌, 폭행을 가했다고 해도 나는 그 아이들이 무서워서 숨는 편이 아닌, 어떻게 해서든지 주변에 널리 알리고 날 도와줄 사람을 찾았을 것이다.

"선생님… 제 등 좀 보세요."

　나는 교무실에 가서 내 담임 선생님께 찾아가서 등을 보여드렸다. 그리고 내 등에 물감 자국들이 가득한 것을 선생님께 확인해 드렸다.

"이게 뭐니?"

"전학 온 첫날부터 창균이가 내 등 뒤로 와서 끌어안고 친하게 굴어서 그런 줄 알았는데, 알고 보니 제 등 뒤에 아크릴 물감을 묻히고 자기네들끼리 키득거리고 그랬어요."

　내 담임 선생님은 사태를 심각하게 보는듯했지만, 그 애들을 호출해서 야단치는 것에서 그쳤다. 하지만 나의 복수는 다른 선생님이 해주셨다.

　그 교무실에서 날 지켜보던 다른 선생님이 계셨던 것이다. 그 선생님은 과학을 가르치던 선생님이셨는데, 늘 기다란 검은색 플라스틱 막대기를 가지고 다니셨다. 그다음 날 그 과학 선생님의 시간이 되어 선생님이 들어오셨는데, 화가 난 상태에서 수업이 시작되었다.

"전학생 등 뒤에 물감 놀이 한 새끼들 다 나와."

선생님은 화가 머리끝까지 나셔서 그렇게 말씀하셨다. 애들이 그 소리를 듣고도 쭈뼛대며 뭉그적거리자 그 막대기로 교탁을 '탁' 하고 세게 내리치더니 욕부터 나왔다.

"이 새끼들이 장난하나 빨랑빨랑 안 튀어나와?"

그 당시까지만 해도 학교에서 체벌은 너무나도 당연한 문화였다. 오히려 상당수의 학부모들은 선생님이 자기 아들, 딸들을 때려가면서 가르쳐 주길 원하고 또 그리 가르쳐 달라고 부탁까지 하던 시절이었다.

그 과학 선생님의 호통 소리에 다들 나가서 엎드려뻗쳐 자세를 취했고, 그 선생님은 그 자리에서 그 애들의 엉덩이를 20대씩 때리셨다.

그 이후로 다행인 것인지 더 이상 애들이 날 건들지 않았다. 나 또한 다른 애들과 친해지면서 학교생활을 했는데, 한 반에 2~3명씩은 외교관 자녀이거나 공직에 계신 아버지를 둔 아이들이 꼭 있었다. 나는 그걸 보고 '아 역시 서울은 다르긴 다르구나.'라는 엉뚱한 생각도 했다.

*

엄마가 스스로 배우고 있는 한양 12거리 굿은 크게 4개의 파트로 나누어진다. 처음에는 그 굿판에서 가장 선배 만신이 앉아서 장구를 치면서 하는 '부정거리'이다. 이 거리는 말 그대로 굿이 정식으로 시작되기 전에 모든 부정한 것들을 몰아내는 의식이다.

그리고 두 번째로는 흰색 고깔을 쓰고 흰색 장삼을 입고 하는 '불사거리'이다. 이 거리에서는 주로 가정의 안녕과 건강, 자손들에 대해 빌어주고 공수를 주는 거리이다.

세 번째로는 '산신거리'이다. 산신거리는 말 그대로 한국의 '산신령'을 위한 거리인데, 이 거리 말미에서 굿 의뢰자의 조상들이 무당의 몸에 실려서 쌍방향 통신을 하며 자손들의 건강과 나쁜 것을 제쳐주며, 조상들이 좋은 곳으로 가라고 길을 안내해 주는 거리이다.

마지막으로 '대안주거리'이다. 지금 북한 지역에 있는 개성시 지역에 덕물산이라는 산에 가면 '최영 장군'을 위한 사당이 있다. 이 거리는 그 '최영 장군'을 위한 거리이다.

그 사당이 북한에 있기 때문에 갈 수 없어서, 우리나라에서는 서울 인왕산에 사당을 짓고 최영 장군을 기린다. 무당으로서는 하늘의 천신을 제외한 신들 중에서 최영 장군이 가장 큰 장군 신이라고 생각한다.

흔히들 굿 값이 왜 이렇게 비싸냐고 하는 사람이 많다. 그에 대해서 약간의 첨언을 하자면, 예를 들어 우리 엄마가 자주 했던 '작두굿' 같은 경우 작두굿을 하기 위해서 전국 방방곡곡에 있는 산과 바다를 돌며 기도를 한다. 여기서 벌써 비용이 발생하는 것이다.

그리고 굿판은 혼자 할 수 있는 것이 아니다. 굿판을 한 번 열려면 적어도 무당 3명은 기본으로 필요하다. 앞서 말한 4가지의 거리 하나하나가 엄청나게 오래 걸리기 때문에 혼자서 모두를 감당하기에는 너무 벅차다. 그래서 주로 3명이 저 4가지 거리를 나눠서 하는데, 그 굿판의 주인인 '당주'가 굿을 못 하면 그만큼 필요한 무당의 숫자는 더 많아지게 되는 것이다.

그런 무당 선생님들을 부르려면 저 시절 금액으로 적게는 50만 원에서, 많게는 100만 원 이상의 페이를 지불해야 한다. 그렇게 되면 3명이면 평균 80만 원씩 총 240만 원이 들어가고, 거기에 보너스 개념인 '뒷돈'까지 계산하면 대략 1인당 총 100만 원 이상씩 가져가게 되는 것이다.

거기에 한양 12거리 굿에서는 반드시 빠지면 안 될 것이 바로 '악사'이다. 이 악사들도 기본적으로 무당들과 똑같이 가져간다. 엄마 같은 경우는 굿에 대한 욕심이 많아서 피리를 부는 악사 한 명만 부르는 것이 아니라 피리 악사, 대금 악사, 해금 악사 이렇게 3명씩 부른다.

그렇게 되면 천만 원 받아서 인적 비용만 600만 원이 지출되는 것이다. 거기에 과일값, 떡값, 굿을 하기 위해 장소를 대여하는 데 드는 비용, 수발을 드는 아줌마들에게 드는 비용까지 합하면 천만 원 받아서 엄마가 가져오는 돈은 얼마 되지 않는 것이다.

엄마는 그렇게 하더라도 최소한 피리 악사와 대금 악사는 반드시 불렀다. 그리고 굿판을 열지 못할 적은 액수의 금액이라도 굿판을 열었다. 엄마는 오로지 굿을 배우기 위해서 굿에 미쳐 있었다.

굿이 없는 평소에는 그동안 몰래 적어 왔던 문서를 달달 외워서 집에서 해보고, 굿을 할 적에 무당들이 입는 신복이라는 옷을 꺼내서 직접 입고 연습하고, 부채를 자연스럽게 쥐는 법부터, 빨간색, 노란색, 흰색, 흑색, 청색으로 이루어져 있는 5가지 깃발인 오방기를 멋들어지게 한 손에 쥐는 법이나, 발걸음을 떼는 법과 신복을 멋들어지게 넘기며 춤을 추는 법까지 연습했다.

이태원에 이사 오고 나서 엄마는 선생님을 바꾸고 싶었다고 했다. 눈을 뜨고 보니 '태성 엄마'의 실력은 그렇게 크게 배울 것이 없는 수준의 선생님이었던 것이다.

그래서 엄마는 자주 가는 굿당(굿을 하기 위해 장소를 대여해 주는 곳) 주인 언니에게 소개를 받아서 정말 엄마가 한눈에 반할 정도로 뛰어난 실력을 가진 선생님을 새로운 신 엄마로 정하고 그 밑으로 들어갔다. 그 신 엄마의 별칭은 '최 대감'이라고 알려져 있었는데, '대감'이라고 해서 남자가 아니라 그냥 별칭이 '대감'인 최씨 성을 가진 무녀였다.

이 세계는 신 엄마가 있다고 해서 그렇게 쉽게 굿을 끼고 가르쳐 주지는 않는다. 신 엄마가 하는 굿을 보고 스스로 배워야 하는 것이다.

즉, 신 엄마가 하는 굿을 보는 것 자체만으로도 훌륭한 공부가 되고 가르침이 된다고 생각하는 문화인 것이다.

그러던 어느 날, 엄마에게 또 한 번의 위기가 닥쳤다. 의정부에서 집을 잘못 사서 빚을 졌는데, 그 빚쟁이들이 우르르 몰려와서 신당에 들이닥친 것이다.

　엄마는 그들에게 단 한 번도 이자를 밀려본 적이 없었다고 했다. 그래서 그들에게 더욱 당당하게 말을 했다고 했다.
　"내가 선생님들께 이자 한 번이라도 밀린 적이 있어요? 내가 망하면 내게서 돈도 못 받아요. 그리고 매일같이 이렇게 신당에 찾아와서 날 이렇게 괴롭히면, 난 돈 벌지 못합니다. 돈 못 벌면 당신들에게도 돈 못 갚아요. 진정 그걸 원하세요?"
　그랬더니 그 빚쟁이들은 아무런 말도 못 했다고 했다. 실제로 엄마가 이자 한 번을 밀린 적도 없었고, 괜히 자기네들이 불안해서 온 것이기 때문이다. 엄마는 그들에게 다시 한번 말했다.
　"저 이렇게 괴롭히지 마세요. 분명히 돈 갚습니다. 나 이렇게 잘 나가고 있고, 선생님들이 절 괴롭히지만 않는다면 곧 갚게 될 겁니다. 약속해요."
　이렇게 엄마는 그들에게 당차게 말했다고 했다. 그리고 나서부터 엄마는 굿판에 들어가는 비용을 단 얼마라도 줄이기 위해서 의정부에서 김 장사를 도맡아서 해오던 새아빠를 관두게 하고 김 가게도 팔았다.
　그 당시 새아빠는 음악적 감각 하나는 엄마보다 뛰어났다. 그래서 엄마는 굿판에 새아빠를 데리고 다니면서 새아빠보고 장구나 제금(심벌즈같이 생긴 전통 국악기) 등등을 눈치껏 배우라고 했다.
　음악적 감각이 뛰어났던 새아빠는 금세 그런 악기들을 배웠고, 엄마는 인적 비용을 줄였다. 무당 선생님들을 신 엄마와 또 다른 보조 무당 한 명만 불러 진행하거나, 보조 무당 없이 진행하기도 했다. 그런데 다른 것은 다 빼도 엄마는 반드시 피리 악사는 꼭 불렀다.

엄마는 굿을 배우느라 본인이 장구를 못 치기 때문에 새아빠에게 그동안 장구를 배우라고 시켰던 것이다. 그리고 엄마는 그동안 몰래 배웠던 것을 거꾸로 가는 굿거리라고 하더라도 본인이 뛰어들었다. 불사거리부터 산신거리 등 거의 모든 거리를 엄마 혼자 다 하고, 엄마의 신 엄마에게는 대안주거리 등등의 아주 중요한 거리만을 맡겼다.

엄마는 그렇게 굿을 스스로 배웠다. 그리고 엄마가 굿을 스스로 배운 지 3년 정도가 지나고 1999년 11월, 남산 김구 동상 앞에서 '새천년을 위한 통일굿'이라는 제목을 내걸고 굿 발표를 하기에 이르렀다.

내가 겪은
새천년을 위한 통일굿

 커다란 식당용 철 쟁반, 아침과 점심 그리고 저녁으로 외할머니가 두 사람의 식사를 담아서 내가 사는 살림집에서 건너편 신당으로 밥 배달을 다니셨다. 물론, 학교를 다녀오고 나선 할머니가 쟁반에 밥을 차려주면 내가 들고 배달을 다녔다.

 엄마에겐 외할머니는 정말 없어서는 안 될 사람이었다. 밥부터 살림살이, 그리고 나와 동생의 뒤치다꺼리를 해주셨다. 특히 동생은 어릴 때부터 새아빠의 강요 때문에 축구를 했는데, 일주일에 한 번씩 집에 오면 빨랫거리가 가득했다.

 "히에~~~ 이번 주는 빨래가 더 많네? 할매! 그냥 세탁기 돌려~"
 "이그 세탁기 돌릴 것이 있고 아닌 게 따로 있으니까."

이태원은 정말 신기한 동네였다. 내가 엄마의 신당으로 저녁 식사 배달을 할 무렵이면, 낮에는 조용했던 거리가 갑자기 시끌벅적해진다. 초저녁이 막 지날 무렵에는 술에 취해서 비틀비틀하며 거리를 다니는 아저씨들, 그리고 또각또각 소리를 내며 저 위에서부터 걸어 내려오는 화류계 이모들이 거리로 우르르 나온다.

특히 내가 매우 이상하게 생각한 것이 있었다. 우리 집은 경사가 약간 있는 동네였는데, 어느 날 저 위에서부터 평소처럼 또각또각 발소리를 내면서 내려오는 이모가 있었다. 나도 평소처럼 길 가장자리에 앉아서 지나가는 이런 사람들을 구경하고 있었다. 그런데 그 이모가 점점 가까워지고, 또 가까워질수록 너무나 이상했다.

분명 머리카락도 어깨 넘어까지 길고, 화려한 원피스를 입고 하이힐을 신어 또각또각 소리를 내며 우아한 발걸음으로 내려오는데, 정작 얼굴은 이모가 아니었다. 그런 외모의 얼굴은 분명 '삼촌'이었다. 어린 마음에 남자가 왜 저렇게 여장을 하고 다니나 싶었다. 게다가 그런 사람들이 한두 명이 아니었다. 무척 궁금했는데 그에 대한 답은 이태원에 며칠을 더 살아보니 나왔다. 그런 사람들은 이른바 말로만 들었던 '게이'였던 것이다. 실제로 엄마의 손님들 중에서는 여장을 한 게이 손님도 많았다.

엄마는 매일같이 굿을 했다. 굿이 없을 적에는 집에서 굿 연습을 하고 또 했다. 그렇게 엄마가 신을 받은 지도 꽤나 시간이 흘렀고, 엄마에게는 무려 신딸도 제법 생겼다.

엄마의 성격상, 돈이 없어 허덕이는 상황의 제자들을 그냥 무시하지 못하고 본인 돈으로 신당을 할 월셋집을 구해주고, 살림살이 마저도 엄마의 돈으로 사주는 바보 같은 사람이었다.

내가 그런 엄마를 바보라고 칭하는 까닭은 그렇게 베품을 받은 신 제자들이 엄마의 은혜를 머릿속에 담아두는 것은 얼마 가지 못하기 때문이다.

신의 세계는 자신이 노력하지 않으면 정말 촛값도 못 버는 그런 세계다. 돈도, 능력도 되지 않은, 갓 신을 받은 애동 제자들은 버티지 못하고 그만두고 도망가 버리거나 잠수를 타버리고 만다.

엄마도 이태원에 처음 정착했을 때는 2~3개월 동안 형편이 너무나 어려웠다고 했다. 이자는 갚아야 하고 손님은 없고 그런데도 신당에 초를 켜고 기도는 해야 하고 그런 어려운 상황이 있었다고 했다.

엄마는 심지어 무당이 초 켤 돈이 없어서 초를 훔치기도 했다고 했다. 이태원에서 조금만 가면 한남역이라고 있는데, 그 한남역 뒤편으로 강변에 자리 잡은 작은 기도터가 있다. 그곳은 옛 명성황후가 굿을 하던 장소로 유명해진 성황당 터라고 하는데, 엄마는 초가 없어서 매일 밤, 빈 가방을 메고 그곳에 가서 다른 무당들이 초를 켜고 기도를 마치고 돌아가면 그 초를 거둬다가 신당에 와서 초를 켰다고 했다.

지금에 와서야 엄마는 그때의 상황을 돌이켜 생각해 보면 웃으면서 미친 짓거리라고 말하지만, 그때 엄마는 다른 사람 몰래 초를 훔치면서 혼자서 너무나도 서글퍼서 그 자리에서 엉엉대며 울었다고 했다. 생각해 보면 당연한 상황이다. 엄마는 이혼하고 나서 김 장사와 술장사, 그리고 보리밥 장사를 하면서 엄마의 지갑에서 돈이 마를 날이 없었다. 그래왔던 엄마가 고작 초 하나를 살 돈이 없어서 기도터에서 남이 켜다 남은 초를 훔치고 있으니, 기가 막힐 노릇이었다.

엄마는 그래도 이를 악물었다. 그래도 굿을 떼면 없는 돈을 더 끌어모아 보태서 악사가 있는 굿판을 열었다. 엄마의 무당 인생에서 엄마가 가장 중요시하는 것은 바로 '악사'였다.

그 덕분에 엄마의 전담 악사가 되었던 김 피리 삼촌은 처음엔 대금 악사로 우리 집에 와서 엄마의 굿판에서 피리 연습을 해서 피리도, 대금도 하는 멀티 악사가 되어 그 이후로 이름이 더욱 알려지는 계기가 되었다.

엄마는 여자였지만 의리가 있는 여자였다. 그때부터 거래했던 구리 과일 도매시장의 과일집, 그리고 청량리 정육 고깃집이며 떡집 등등도 단 한 번을 바꾸지 않고 끝까지 한 집만 고집하며 팔아주었다.

무당의 세계에서는 '만신'이라는 말은 '만 명'의 중생들을 먹여 살리라는 의미의 단어라고 한다. 나는 내 엄마이지만, 엄마가 그 '만신'의 뜻을 제대로 지키던 사람이라고 감히 자부해 본다.

엄마가 신을 받은 지 3년이 지난 때, 엄마는 한양 12거리를 수치상으로만 따지면 대략 90% 이상은 마스터한 한양굿 마스터리가 되었다. 엄마의 위치는 엄마가 굿을 한참 배울 적에 다른 선생님을 보면서 어쩜 저렇게 굿을 잘할까? 하며 감탄하면서 그 선생님께 배우고 싶어 했던 것처럼, 다른 무당들이 엄마를 보고 어쩜 저 짧은 기간에 굿을 저렇게 배웠을까? 저 사람한테 굿을 배우고 싶다. 이렇게 생각되게 하는 그런 사람이 되었다.

엄마는 다른 선생님들처럼 자신의 문서(무당들이 굿판에서 하는 일종의 주문 같은 성격의 그 무엇)를 감추거나 하려 하지 않고 엄마에게 용기 내어 가르쳐 달라고 하는 사람이면, 자신의 제자가 아니더라도 선뜻 문서를 내어주고 춤사위 하나하나까지 가르쳐 줬다고 했다.

"언니, 언니는 발걸음 떼는 거성하고 손하고 따로 놀아. 그러니 먼저 거성부터 눈감고 할 수 있을 정도로 연습을 한 다음에, 그다음에 춤을 배우자. 문서는 내가 줄 테니까 걱정 말고."

엄마의 그때 목표는 엄마만의 목소리를 만드는 것이었다. 한양굿의 꽃은 거리거리마다 있는 '창가'에 있다. 무당이 번쩍번쩍 뛰기만 하고 그런 굿이 아니라, 가벼운 뜀박질에 손과 신복으로, 무속 도구로 하는 춤사위, 그리고 거리 중간중간마다 하는 '창'이 있다.

엄마는 특히나 스스로 음치라는 걸 알고 있을 만큼 노래를 하지 못했다. 그래서 엄마는 그때부터 틈만 나면 노래방을 다녔다. 일단 기본적으로 음치에서 벗어나서 제대로 된 음악적 감각을 키워야 했고, 그다음에는 '창가'를 자신의 목소리로 멋들어지게 부르는 것을 매일같이 연습했다.

누가 보면 굿에 미쳐 있다고 할 만큼, 아니 엄마는 정말 굿에 미쳐 있는 사람이었다. 허구한 날 틈만 나면 굿 연습, '창가' 연습이었다. 엄마의 제자들은 그런 빡센 엄마만의 트레이닝을 못 버텼다.

 엄마는 기본적으로 무당이 엄마 자신 정도만큼 노력해야 한다고 생각하는 사람이다. 그런데 일반적인 다른 사람한테는 엄마만큼 노력한다는 사실 자체가 너무나도 어려운 과제였다. 그래서 그런지 엄마는 '신도' 복은 있었으나, 언제나 '신 제자' 복은 1도 없었던 외로운 무당이었다.

 1999년 11월, 새로운 시대가 열리기 바로 직전의 시기. 그 무렵 엄마는 웬만한 한양굿을 마스터했고, 엄마가 신을 받은 지 대략 3년 정도 만에 남산 '김구 동상' 앞에서 '새천년을 위한 통일 굿'이라고 현수막을 크게 걸고 한양 12거리 발표를 했다.

 굿판이 열리는 전날, 새아빠는 해당 장소에 굿 상을 손수 톱과 나무를 이용해서 만들고 상을 차렸다. 워낙에 큰 굿판이어서 엄마가 아는 사람들, 신도들부터 시작해서 엄마의 바로 위 언니 내외까지 굿판 도우미로 총동원되었다.

 굿판이 열리고, 사람들은 생각보다 더 많이 모여들었다. 일반 사람들은 물론 어느 대학교 민속학과 교수님, 그 교수님이 데리고 온 어디서 왔는지 모를 외국 교수님, 그리고 특이한 것은 중간중간에 비디오카메라를 들고 녹화를 하러 온 무당들도 상당히 보였다. 그렇게 모여든 사람들은 대략 수천 명은 되어 보였다. 아무리 못해도 기본적으로 1천 명 이상은 넘었다.

 그 무당들은 엄마의 굿을 녹화를 해서 문서와 엄마의 굿 사위들을 배우기 위해 온 사람들이었다.

드디어 굿이 시작되었고, 수천 명이나 되는 사람들 앞에서 그 사람들을 바라보며 굿을 한다는 것이 엄마에게도 어려운 일이었다. 그래서 그런지 처음에 하는 하얀 고깔을 쓰고 하는 '불사거리'를 할 때는 내가 봐도 얼어붙어 있다는 걸 느낄 수 있을 정도였다.

그래도 엄마는 점점 긴장이 풀렸는지 굿판이 점점 자연스러워졌다. 그리고 그날의 꽃 '작두거리'가 왔다. 엄마의 작두거리는 너무나도 무서웠다. 특히 아들인 나는 엄마의 입속에서 엄마의 입속을 헤집어 대는 칼날이 혹시나 엄마의 혀와 입을 베어놓지 않을까? 저 시퍼런 작두날이 엄마의 발을 베어버리지는 않을까? 걱정되는 건 아마도 아들로서는 너무나 당연한 걱정이었다.

엄마는 작두날 위로 마치 달리기를 하듯이 쫓아 달려가더니 단박에 칼날 위로 올라갔고, 그 시퍼렇고 무서운 칼날 위에서 번쩍번쩍 뛰어댔다. 내가 봤을 때에는 거짓말을 조금 보태면 적어도 30센티미터 이상은 뛰는 것 같았다. 엄마는 그날 작두 위에서 나라에 대한 예언을 했다.

"조만간 비행기 사고가 일어날 것이다!! 하지만 장군님 수위에서 보살펴 줄 것이야. 걱정하지 마라!!"

엄마의 정확한 대사는 기억이 안 나지만 대략 이런 내용으로 구경꾼들에게 무언가 선포를 하듯 외쳤다. 그런데 정말로 얼마 가지 않아서 비행기 사고가 났다. 대한항공의 항공기가 추락한 것이다. 다행인 것은 화물편 항공기라서 정말 큰 인재 사고는 아니었다.

그렇게 엄마는 3년 만에 본인만의 한양굿을 완성하였고, 발표했다. 그때 이후로 엄마는 단 얼마 만에 수억이나 되는 빚을 모두 갚았다. 여자 혼자의 몸으로 말이다.

그런데 이 무당의 세계는 그렇게 아름답고 로맨틱한 일들만 있는 것은 아니었다. 그동안 엄마의 두 번째 신 엄마가 되어준 일명 '최 대감' 선생님과 서로 간에 오해가 있어 헤어지게 되었고, 그 후 서로 간에 사제간으로 인연은 맺지 않았지만 굿을 잘해서 그냥 선생님으로 모시며 부르게 되었던 조성태라는 남자 박수도 있었다.

그 사람은 엄마의 말로는 남자치고는 굿을 예쁘게 잘하는 사람이라고 했다. 그런데 그 선생님과 몇 개월을 같이 일을 했는데, 굿판에서 손님들이 굿값 이외의 몫으로 내어놓은 일명 '뒷돈'을 슬쩍하며 자신의 한복 저고리 속으로 쏙 집어넣는 일로 또 헤어지게 되었다.

그리고 다른 사람을 찾아보는 와중에 만난 또 다른 사람이 있었는데, 그 사람은 여자 무당이었고, 엄마보다 훨씬 경력이 오래된 선생님이었다. 그 사람의 별호는 '창수 엄마'라는 사람이었는데, 엄마가 굿판에서 그녀를 처음 보고 엄마도 또 그 선생님도 서로를 알아보고 껴안고 울며 인사를 나눈 사건이 있었다.

꺼져
이 무당 자식아!!

 서울 오산중학교로 전학을 와서 몇몇 친구들과 꽤나 친해졌다. 그중에서도 내 짝꿍인 신재형이라는 녀석과 친해졌다. 그 녀석은 가수 김현정과 엄정화를 무척이나 좋아했더랬는데, 나도 그 녀석 때문에 더불어 그 두 가수가 좋아졌던 기억이 난다.
 "와…. 넌 온통 김현정, 엄정화구나? 필통에 이… 사진 좀 봐…. 와…. 그렇게도 좋으냐?"
 "으, 으… 응…. 예… 예… 예쁘잖… 아. 노… 노래도 자… 잘하고…."
 그 녀석은 말더듬증이 꽤나 심한 녀석이었다. 그래서 그런지 그 친구 주변에는 늘 아무도 없었다. 그런 그 녀석에 대한 동정심 때문인지 아닌지는 확실하게 단언할 수는 없으나 처음부터 짝꿍인 그 녀석에게 관심이 갔었고, 친해지게 된 것이다.

그 녀석은 내가 그토록 살고 싶었던 아파트에 살고 있었다. 어느 날 그 녀석과 하교를 같이한 날이었다. 그날은 그 녀석의 권유에 의해서 집에 같이 갔는데 그 녀석의 집은 그때 당시 43평의 대단히 큰 아파트였다.

집 안에는 피아노며 바이올린 등이 있었다. 그 두 가지 모두 그 녀석이 과외로 하는 것들이라고 했다. 지금의 우리 집과는 현저히 차이가 나는 상황이었다. 내 눈으로 봐도 우리 엄마는 현재 엄청나게 돈을 많이 벌고 있는 사람이지만 빚이 많아 허덕이고 있는 상태였고, 그 녀석의 집안은 알고 보니 외교관 아버지를 두었고, 시시때때로 해외에 나가서 살기도 하는 그런 집안의 아들이었다.

그렇게 그 녀석과 참 친하게 지내게 되었다. 수업시간에도 쉬는 시간에도 거의 매번 그 녀석과만 어울려 지낸 것 같았다. 내가 시작(詩作)을 하게 된 것도 그 녀석이 문학적 감수성이 풍부한 녀석이라 그를 따라 하다가 나도 덩달아 좋아지게 되어 그때부터 시를 쓰기 시작했다.

그 녀석 때문에 엉터리지만 시를 써서 무려 《용산문학》에 실리기도 했었다. 때는 가을이라 〈낙엽〉이라는 제목의 시였는데,

'떨어지는 낙엽~'

이렇게 시작하는 지금 보면 손발이 오그라들다 못해서 두 번 다시는 펴지 못할 정도의 이상한 시였다. 딴에는 그 시에 내 이야기를 담아본답시고 내가 지내온 과거의 이야기와 더불어 그때의 내 감정을 썼는데, 엄마는 그걸 보고 내게 엄지를 추켜세우며 말했다.

"와!! 우리 아들이 이런 재능이 있어? 이거 네가 겪은 일을 시로 표현한 것이구나!! 잘 쓴다~ 우리 아들~"

《용산문학》잡지에 실렸지, 내 시를 보고 엄마까지 저렇게 날 추켜세우니까 내가 정말로 시에 대해서 재능이 있는 것이라고 착각을 했다. 그때 이후로 나는 계속해서 시를 썼다.

"재형아. 이 시 어때?"

"음…. 다… 다 좋은데 너… 너무 지…직설적이… 인데? 비… 비유를 좀 서… 섞으면 조… 좋겠어~"

난 시를 쓰면 항상 재형이에게 먼저 검사를 맡듯 했고, 재형이도 자기가 쓴 작품을 내게 보여주며 평가 좀 해달라고 하기도 했다. 그렇게 우리는 서로서로 공통점을 찾아갔다. 아니, 이제 와 정확히 말하면 재형이와 공통점을 만들기 위해서 내가 재형이처럼 변했다고 표현하는 것이 더 맞을 것 같았다.

"우… 우리 나… 나중에 10년 뒤 오… 오늘 용… 용산역에서 보자."

지금 누가 들으면 정말 손발이 없어질 멘트였다. 재형이는 내게 그런 약속을 권유했고, 나 역시 그 녀석과 10년 뒤에 꼭 다시 만나기로 약속까지 했었더랬다.

나는 엄마가 신을 받고 나서부터 지금까지 쭉, 엄마의 직업을 창피하다고 생각한 적이 단 한 번도 없었다. 그래서 엄마가 어려울 적이면 길거리에서 "우리 엄마 무당인데 점 잘 본다."며 손님을 끌고 오기도 했고, 우리 담임 선생님이나 여자 교감 선생님께까지 내 엄마가 무당인 것을 자랑하며 엄마에게 점을 보길 권유했었다.

그런데 어느 날, 재형이가 우리 엄마가 무당이라는 사실을 알아버린 것이다. 난 평소대로 우리 엄마의 직업을 속일 생각은 1도 하지 않았고 그렇게 했다. 그런데 그 녀석의 반응은 무서울 정도로 단번에 변해버렸다.

늘 자리 바꾸기를 할 때도 나와 같이 앉길 원했던 그 녀석이 갑자기 다른 녀석과 자리를 한 것이다. 그때까지만 해도 나는 그 녀석이 변했는지는 꿈에도 몰랐다.

"재형아! 매점 가자! 피자빵 사줄게~"

그러자 재형이는 갑자기 날 개무시하는 듯한 표정을 지으며 말했다.

"꺼… 꺼져! 너랑은 이… 이제 아… 안 놀아. 이 무당 자… 자식아."

"뭐??"

처음이었다. 친구들로부터 '무당 자식'이라는 말을 들은 것이 말이다. 게다가 재형이와 너무 친했던 터라, 그 녀석의 갑자기 변해버린 이 반응은 충격으로 다가왔다. 하지만 단언컨대 '무당 자식'이라는 말을 들어서 상심한다거나 창피하다거나 하는 감정은 내게 1도 없었다.

내 성격이 그때부터 그랬는지는 나도 모르겠지만, 난 지금도 날 싫다 하는 사람에게는 나도 단칼에 인연을 끊어버리는 못된 성격을 가지고 있다. 그런 성격 때문인지 나는 재형이에게 욕지거리를 하며 등을 졌다.

"그래? 놀지 마. 개새끼야. 미친 새끼 지가 잘난 줄 알고 있나 봐. 품… 넌 그 마마마… 말이나 제대로 해. 무슨 말인지 하나도 모르겠네."

내가 잘못했는지, 그 녀석이 잘못했는지는 모르겠다. 분명한 것은 나는 어려서부터 직업에는 '귀천'이라는 놈은 없다고 배웠고, 저 녀석은 그걸 못 배웠거나, 배운 걸 잊어버렸거나, 배운 걸 무시하는 그런 녀석이었고 나중에 알게 된 사실은 그 녀석은 모태부터 개신교 신앙을 갖고 태어난 녀석이라고 들었다.

그때 이후로 새 학년이 올라갈 무렵, 그 못된 말더듬이 녀석은 아버지를 따라서 해외로 유학을 가게 되어서 자연스럽게 헤어지게 되었다.

*

"언니!!"
"와… 세상 참 좁다…. 에그… 결국 신을 받았구나?"
"응. 나 아직도 기억나. 그때 언니가 나한테 우리네 팔자라고 했던 말…. 언니 정말 용하다… 용해."

엄마가 선생님으로 부른 그 사람은 바로 엄마가 신을 받기 전,

화장품 방판원이었던 엄마에게 '우리네 팔자'라고 그랬던 무당 언니였다. 그 창수 엄마라는 언니는 청배(자신의 굿이 아닌 남의 굿판에 돈을 받고 불려 나가는 것을 전문으로 업을 삼는 무당) 선생이라고 했다. 그것도 청배 선생님들 중에서도 S급으로 평가받는 그런 청배 선생님이라고 했다.

아마도 엄마는 그녀를 통해서 한양굿을 보는 눈이 한층 더 업그레이드되었을 것이라고 생각이 된다. 하지만 엄마는 그때 이후로 몇 번을 불렀을 뿐, 그 창수 엄마라는 언니와는 더 이상 인연을 이어나가지는 않았다. 그때는 왜 그랬는지 몰랐으나 지금에 와서 엄마의 입장에서 생각해 보니 특히 돈이 오가는 사이에서는 친분이 있는 사람을 경계해야 한다는 사실을 누구보다 더 잘 알고 있었기 때문이 아닐까? 하고 생각해 본다.

내가 중학교에 들어가고도 한참이 지나서 엄마는 내게 아주 간혹가다 엄마의 굿판을 구경하는 것도 허락했다. 엄마는 그 어려운 와중에도 일 년에 두어 번씩 '진작굿'이라는 것을 했는데, '진작굿'이란 자신이 모시고 있는 신령님에게 감사의 의미로 술잔을 올린다는 의미의 '임금님께 진상(進上)하다'의 '진(進)'과 '술잔을 의미하는 작(爵)'을 합쳐 '진작굿'이라고 한다.

엄마가 하는 그 진작굿에는 항상 나를 세워놓고 굿을 하시기도 했다. 나 역시 음악적 감각이 있어서 그랬는지 모르겠지만, 엄마의 굿을 몇 번 보지도 않았는데 한양 굿판에서 장구를 치는 법이라든가 제금(심벌즈같이 생긴 국악기)을 치는 법이라든가 하는 것이 내 눈에 쉽게 들어왔고 엄마의 허락하에 그 어른들 앞에서 장구를 쳤더니 대단하다며 칭찬까지 들었었다.

 엄마가 신을 받고 나서 4년이 채 지나지 않았을 무렵, 하루가 멀다 않고 매일같이 점 보는 손님에, 굿판을 다니던 엄마가 갑자기 일주일이 넘도록 보이지 않은 사건이 있었다.

 "할매! 엄마 도대체 어디 갔어? 장기 출장 굿을 갔나??"

 "글쎄다. 나한테도 말도 안 하던데? 기도하러 갔겠지."

 글쎄…. 엄마의 기도는 여타의 무당들처럼 며칠씩이나 걸리고 그랬던 적은 없었다. 항상 제자들을 데리고 기도를 다니면서도 길어야 3일이 지나지 않았다. 엄마는 항상 제자들에게 이렇게 말했다고 했다.

 "어떤 무당들 보면 일주일씩, 열흘씩 기도를 다니는 인간들이 있어. 니들은 그따위 짓거리 하지 마라. 그렇게 해봐야 아무 소용없고 허주[4]만 잔뜩 끼인다."

 그래왔던 사람이다. 그건 나도 얼핏 들어서 알고 있던 사실이었기 때문에 엄마가 일주일이나 기도를 떠날 리는 없다고 생각이 들었다. 그렇게 엄마가 갑자기 집을 나가서 안 들어온 지 열흘쯤 지났을 무렵, 엄마가 집으로 돌아왔다. 그리고 나를 불렀다.

 나는 엄마가 돌아왔다는 소리에 살림집에 있다가 건너편 신당

---

4 허주: 무당이 될(된) 사람에게 씌는 허깨비. 또는 잡귀.

으로 잽싸게 건너갔다. 아마 그때부터였나 보다, 엄마는 어린 내게도 집안에서 벌어지는 모든 상황을 내게 숨김없이 이야기하고 공개했다.

"엄마! 며칠 동안 어딜 그렇게 갔다 왔어?"

"응…. 앉아봐."

엄마가 심각한 표정으로 앉으라기에 어리둥절하여 일단 엄마의 말대로 엄마 앞에 앉았다. 그랬더니 엄마가 또 뜸을 들이더니 이내 입을 열었다.

"여행 갔다 왔어."

"여행?? 기도 아니고 여행??"

"응. 여행. 한숨 좀 돌리려고."

"응??"

나는 엄마가 무슨 소리를 하는지 몰라서 있었더니 엄마가 드디어 엄마의 여행에 숨겨진 의미를 이야길 했다.

"그 의정부 때 그 사기꾼 알지?"

"아…. 왜 몰라! 난 그 여자 이름까지 기억하는데?"

"그년 때문에 진 빚을 며칠 전에 싹 다 갚았어. 이제 우리 집에 빚은 없어."

"왓!! 정말???"

"응. 그래. 우리 아들도 고생 많았어~"

하면서 엄마는 울면서 날 껴안았다. 사실 그 당시에는 중학교를 다니는 데도 '공납금'이라는 것이 존재했었다. 그런데 그 '공납금'

낼 돈도 어려운 것 같아서 내가 담임 선생님께 상담 신청을 했고, 담임 선생님은 나 같은 계층의 학생이 받을 수 있는 혜택을 소개해 주서서 무료로 학교를 다니고 있었다.

엄마는 날 더러 고생했다며 날 끌어안고 울기까지 했다. 엄마는 빚을 다 갚고 말 그대로 여태까지 불도저처럼 달려왔던 것에 대한 '스스로의 상'인 혼자만의 여행을 다녀온 것이다.

그렇게 우리 가족은 이제 평화로운 나날만이 기다리고 있는 것 같이 느껴졌었다. 그런데 그런 평화를 누가 시기라도 한 듯이 또 이상한 사건이 벌어지고 말았다.

'우당당탕! 와그작! 쨍그랑! 쾅! 쿵쾅쿵쾅!!'

어느 날 신당에서 무언가 깨지는 소리 또는 무언가 부서지는 소리가 한참이나 들려왔다. 그리고 신당 밖으로 누군가 자신의 분을 못 이겨 씩씩대면서 나오더니 돌아갔다.

나는 놀라서 신당 안으로 들어가 보니 엄마는 신당을 바라보며 주저앉아서 울고 있었고, 신당에 있던 불상이며 촛대, 항아리 등등이 깨져서 엉망진창이 되어 있었다.

어디서
무당질이야!!!

병신. 나는 철저히 병신이었다. 그것도 내 기억으로는 20살이 한참이 넘어서까지도 말이다. 나는 사실 그때 셋째 삼촌이 택시에서 내려서 씩씩거리며 엄마의 신당으로 들어가는 모습을 봤다. 무슨 일인가 하고 삼촌의 뒤를 따라서 들어가려는데, 신당 밖에서도 신당 안에서 무언가 부서지고 엄마가

"오빠!!!"

하며 비명을 질러대며 울어대는 목소리도 분명히 들었다.

"이 개 같은 년이! 어디서 이따위 무당질이야?"

하면서 셋째 삼촌의 욕설과 함께 무언가 부서지는 소리가 한참이나 들렸고, 나는 신당에 들어가서 엄마를 구해낼 생각조차 못

하고 밖에서 떨고만 있었다.

　무서웠다. 셋째 삼촌이 그렇게 씩씩대며 성난 미친 황소처럼 날뛰는 것이, 그리고 중학교 3학년인 내가 어른들의 일에 관여해서 엄마에게 혼이 날 것만 같은 생각에 무서웠다.

　그때는 그런 나 자신이 병신같이 생각될 줄은 꿈에도, 아니 생각조차 하지 못했다. 내 머릿속에서는 나는 그저 부모님으로부터 보호를 받아야 하는 존재, 그 이상도 그 이하도 아니었나 보다. 내가 엄마를 지켜줘야 하는 존재가 되어야 하는 줄도 몰랐다. 20살 넘도록….

　생각해 보면 새아빠도 남편의 자리를 채워주지 못하는 인간이었다. 그 당시 내 배다른 동생은 어려서부터 새아빠의 강요에 의해 축구를 했는데, 새아빠의 목표는 오로지 그 동생을 훌륭한 축구선수로 만드는 데에 가 있었다.

　김 장사를 그만두고 나서, 이태원으로 이사를 오고 나서는 더욱 그랬다. 엄마가 돈을 잘 버니까 엄마가 벌어들이는 족족 동생에게 처박았다. 굿판이 있는 날이 아니면, 아니 정확히는 굿판이 있는 날에도 자신이 굿판에서 필요가 없다고 느껴지면 새아빠는 엄마를 지키지 않고 늘 동생에게 가버렸다.

　그날도 하필 새아빠도 없었던 시간이었다. 새아빠의 성격도 솔직히 흥분하게 되면 물불을 가리지 않는 성격이었는데도 말이다. 어찌 말하면 그 자리에 없었던 것이 잘된 일일지도 모르겠다. 만약 있었으면 누구 하나 죽어도 죽었을지도 모르는 상황이었을 것이다.

삼촌이 도대체 왜 와서 엄마의 신당을 작살을 내놨는지는 지금까지도 그 이유를 모른다. 그때 당시에 내가 밖에서 들은 반대로 추측을 해보면, 엄마가 무당이 되었다는 사실을 숨겨왔다가 셋째 삼촌이 알게 되었고, 이런저런 이유에서 서로 티격태격하다가 삼촌이 열받아서 분을 참지 못하고 김포에서부터 이태원까지 택시를 타고 와서 망치로 다 때려 부숴버린 것이다.

삼촌이 그렇게 한바탕 난리를 치고 돌아갔고, 나는 신당으로 가고 싶었지만 엄마는 날 못 오게 막았다. 아마도 그런 모습을 아들에게 보이고 싶지 않았겠지.

게다가 그 이후로도 엄마의 입에서 자신의 신당을 제멋대로 부숴버린 그 오빠를 욕을 하거나 흉을 본 적은 단 한 번도 없었다. 어린 내 눈에는 그저 엄마가 그런 일을 당했는데도 별일 없었던 것처럼 평소대로 행동했고, 금방 괜찮아진 줄 알았다.

그리고 외할머니는 엄마에게 미안해하기는 한 것 같아 보였으나, 그 이후로 할머니의 행동이나 말씀하시는 것을 봐서는 할머니는 아들이 자신의 딸에게 그렇게 했어도 끝까지 아들 편이셨다.

그저 성질이 불같아서 그런 것이니 숙이 네가 참으라고, 오빠이니 어쩌겠냐고 그렇게 말을 하는 걸 봐서는 말이다.

그 이후로 엄마는 신당을 고치고 부서진 물건들을 다시 자신의 돈으로 채워놓고 다시 시작했는데도, 엄마는 너무나 잘나가는 무당이었다.

그 당시에 한 달에 엄마가 한 굿판만 해도 평균 20~30자리였다고 하니까 말이다. 심지어 나흘 밤낮으로 연속해서 굿판을 연 적도 있었고, 한 달 동안에 최대 45개의 굿판을 기록하기도 했다고 했다.

45개의 굿판이라면 30일 동안 매일 굿판을 열고도 밤낮으로 쉬지 않고 2개씩 열었다는 소리다. 그렇게 잘나가고 있는데, 내가 중학교 3학년을 거의 마칠 때쯤 또다시 셋째 삼촌이 엄마의 신당으로 찾아왔다고 했다.

엄마는 또다시 신당을 부수러 온 것인 줄만 알고 너무나도 긴장하고 있었는데, 그 삼촌이 신당으로 말없이 들어가더니 향로에 향을 하나 꽂아 넣고 그대로 신당 앞에서 절을 하기 시작했다고 했다. 삼촌은 그대로 51번의 절을 하고는 거실로 나와 엄마에게 단 한마디를 건네고 나서는 그대로 집으로 돌아갔다고 했다.

"미안하다. 숙아."

엄마는 어리둥절했다. 흥분해서 신나게 신당을 망치로 때려 부술 때는 언제고 갑자기 찾아와서 이유도 뭣도 없이 절을 51번이나 하고 돌아가다니 말이다. 그 이후로 엄마와 셋째 삼촌은 서로 화해를 하고, 엄마가 나중에 그 삼촌에게 물어봤다고 했다.

그 삼촌에게는 단 하나뿐인 아들이 있는데, 그 아들은 나보다 3살이나 많은 형이었다. 그 아들은 어려서부터 육상에 소질이 있어서 대회를 나갔다 하면 메달을 휩쓸어 올 정도로 실력이 뛰어났다고 했다.

그 삼촌은 그런 그 아들을 어려서부터 케어를 해왔다. 워낙에 실력도 좋고 성적이 좋아서 대학은 물론 국가대표가 되는 것은 모두들 당연한 결과일 것이라고 생각할 정도였다.

그런데 시기적으로 봤을 때 딱 자신이 동생의 신당을 부수고 나서부터 그 형의 성적이 내리막길을 타기 시작했고, 내리막길을 치다 못해 성적이 바닥을 기고 급기야 그렇게 잘하던 육상에서 은퇴를 하고 대학마저 기대와는 다른 영 이상한 학과로 진학하게 된 것이다.

그 삼촌의 말로는, 한순간이었다고 했다. 삼촌이 '앗' 하는 사이에 자신의 아들이 '최고'의 자리에서 '뚝' 하고 떨어져 버렸다고 했다. 그래서 그제야 삼촌의 머릿속에서 '내가 동생의 신당을 그렇게 만들어 놔서 그런가?' 싶은 생각이 들었고, 급기야 근처 유명한 무당집에 갔다고 했다.

"당신 뭔지 몰라도 죄를 지었구먼?"

"예??"

"당신 말이야…. 아들이 그렇게 된 건 당신이 죄를 지었기 때문이야. 쯧쯧쯧…."

"그… 그럼 어떻게 해야 합니까?"

하고 삼촌은 그 무당에게 모든 것을 털어놓았고, 그 무당은 당장 동생의 신당에 가서 술을 따라놓고 향을 피운 다음, 자신의 나이 숫자대로 절을 하고 동생에게 미안하다는 사과를 하고 나오라고 그랬다는 것이다.

그래서 삼촌은 그 무당집에서 나오자마자 택시를 잡아타고 김

포에서 이태원까지 또 쏜살같이 달려온 것이다.

그랬더니 마음이 한결 편안해졌고, 그 이후로 동생인 내 엄마를 무당으로서 인정하고 다른 형제들에게도 "우리 숙이는 무당이니까. 함부로 건들지 마라."라고 선포를 할 만큼 변해버렸다고 했다.

엄마는 예전 김 장사가 잘될 때부터, 엄마의 7남매 중에 거의 막내인데도 장남 노릇을 해왔다. 외할아버지의 제사 때도 매번 제사 비용과 제사를 지내는 올케언니에게 용돈을 보내주었고, 집안의 대소사를 직접 관장하며 그 비용까지 혼자 감당했다.

그런데 셋째 삼촌은 막상 자신의 여동생이 무당이 되자, 그걸 인정하지 않고 신당을 부숴버리는 만행까지 저지른 것으로 판단된다. 엄마가 지금까지도 그 일에 대해서, 또는 자기의 형제의 치부에 대해선 일절 말하지 않고 감싸는 사람이어서 아들인 나로서는 잘 모르는 일이지만 말이다.

한양굿 마스터리
무당 엄마

    내가 기간제 교사를 하는 동안 느낀 것인데, 고등학교 1학년은 물론이고 3학년인 학생들도 대부분은 자신의 진로나 꿈을 결정하지 못한 학생들이 수두룩했다. 수능을 보고 대학에 들어가기 직전까지도 그 '진로'라는 놈을 정하지 못해서 자기 성적에 맞춰서 대학에 들어가는 학생들이 대부분이었다.

    나 역시 고등학교를 들어갈 무렵, 똑같았다. 서울 오산중학교를 다니면서 내 성적은 그리 높지도 않고 낮지도 않은 어중간한 성적이었다. 그건 어찌 보면 당연한 일일지도 모른다.

    초등학교 아니, 국민학교 내내 전학 다니기 바빠서 기초적인 학습을 모두 놓쳤다. 그래서 내게 기본기란 있을 수 없던 상태였고,

학교에서 배우는 공부하는 법조차 잘 배우지 못했던 탓이다. 아니, 핑계다.

그나마 국민학교가 초등학교로 바뀔 무렵부터는 전학 여행이 끝나면서 제대로 된 수업이라는 것을 들었지만 내 성적통지표에는 늘 '주의가 산만하여~'라든가 '무슨 무슨 과목의 기초 학습 능력이 다소 떨어지며~'라는 수식어가 붙어 다녔다. 그래도 그나마 학원이라는 곳을 다녀서 어느 정도는 따라갈 수 있었지 않았을까? 하고 예상해 본다.

나는 내 성적을 내가 봐도 형편없었다. 초등학교에서 전학 여행이 끝난 줄 알았는데 중학교로 진학해서 또 한 번의 전학을 했고, 내 공부의 흐름은 끊겼다. 중학교에서의 내 성적은 인문계로의 진학은 가능할 정도의 성적이었으나, 이 성적으로 인문계 고등학교로 진학하면 나는 그저 잘하는 애들의 뒷받침을 해주는 들러리 역할을 할 것이 뻔했다.

그래서 중학교 3학년 내내 고민을 하다가 원서를 쓸 무렵 엄마의 신당으로 찾아갔다.

"엄마. 나 덕수정산고 갈래."

"뭐?? 안 돼!!!"

엄마가 덕수정보산업고등학교(덕수정산고)로 진학한다는 나의 말에 노발대발하는 것은 당연한 반응이었다. 엄마는 자신의 아들에 대한 객관적 판단이 불가능한 상태였다. 우리 아들은 공부도 잘하고 똑똑한 아들이라고 생각하는 사람이었기 때문에, 나의 진학 방향에 대해서 당연히 노발대발했다.

"내 성적으로 지금 오산고 가면 분명히 애들 들러리나 할 거야. 차라리 덕수정산고 가서 조금 더 열심히 해서 상위권에 들어가면 돼."

내 생각엔 그랬다. 오산고에 가서 아이들 들러리나 하기보단, 상경 계열로 진학해서 지금보다 더 열심히 공부해서 상위권에 들어가고 싶었다.

드라마 〈응답하라 1988〉에서 '선우'라는 캐릭터는 평생을 엄마 말을 잘 듣는 아들로 살아오다가 마지막에 결혼할 시기가 되어 자기의 짝을 찾는 과정에서 딱 한 번 자기 엄마의 주장을 기어코 꺾어놓는다. 나 역시 여태까지 엄마가 짜준 계획대로 살아오다가 처음 엄마의 의견을 꺾으려 했다.

며칠간 엄마와 나의 의견 충돌은 계속되었고, 결국엔 엄마는 내게 지고 말았다. 그때부터였는지 모르겠다. 여태까지 엄마가 때리면 때리는 대로 가만히 맞고, 울기만 했다. 우리 엄마는 아빠랑 이혼하고 나서 아빠 보란 듯이 아들을 제대로 잘 키우고 있다는 것을 보여주고 싶었고 더불어 한 부모 가정이나 다름없는 이 가정에서 내가 어긋나게 살아가는 것을 극도로 걱정했다. 그래서 늘 나에게 훈계였다. 그래도 매번 훈계를 한다고 해서 매번 때리는 것은 아니었다. 엄마는 잘 때리지는 않았지만, 한번 흥분을 하면 성난 황소나 다름없었다.

세탁소 옷걸이, 5가지 색으로 휘황찬란한 나일론 털과 플라스틱 안에 철심이 박혀 있었던 먼지떨이, 흥분한 상태에서 이것도

저것도 없으면 어김없이 내 뺨으로 날아오던 엄마의 매서운 손. 이런 것들로 주로 맞았다.

그중에서 세탁소 옷걸이는 참으로 매력 있는 매였다. 얼마나 힘이 센지 그걸 한 번에 '한 일' 자로 구겨서 만든 다음 나의 몸 '아무 곳'이나 휘둘렀다. 그렇게 하면 그 철심이 내 온몸에 착착 감기고 내 허벅지와 종아리 온 몸뚱이에 새파란 줄무늬가 예쁘게 꽃을 피운다.

그런데 내가 엄마의 의견을 꺾어버린 이후로 엄마가 어느 날 또다시 흥분하면서 어김없이 손이 날아왔는데, 나는 나도 모르게 날아오는 엄마의 팔목을 '턱' 하고 잡았다.

"하… 엄마. 그만 좀 때려. 언제까지 때릴 거야~"

"뭐?? 이….''

처음으로 대들었다. 내 속으로는 엄청나게 떨렸지만 내 딴에는 떨지 않고 말한다고 했는데, 그건 나만의 착각이었고 분명 오들오들 사시나무 떨어대는 목소리로 말했을 것이다.

하지만 엄마는 정말 그때 이후로 나에게 손찌검을 하지 않았다. 난 반대로 그때부터 점점 엄마에게 대들거나 반기를 들기 시작하였다. 그때부터 말이다.

*

엄마는 이제 '한양굿'에 있어서는 누구보다 뒤지지 않는 실력의 소유자가 되었다. 나중에 무당인 내 엄마가 어떻게 짧은 기간 동안 그만한 실력을 갖출 수 있었나 생각해 보니, 첫째는 엄마는 머리가 비상했다. 분명 공부를 잘하는 똑똑이와 다른 똑똑이였다. 둘째로는 굿에 푹 빠져서 4년 내내 오로지 '굿' 생각만 하며 엄마의 24시간은 오로지 '굿'으로만 가득 차 있었다. 셋째, 타인보다 일이 많았다. 아마 엄마의 일이 없고 다른 사람의 일이었으면 실전에서 그동안 공부한 것을 써먹기가 상당히 어려웠을 것이다. 그런데 엄마는 엄마의 일이 많은 사람이었고, 본인 일이기 때문에 거꾸로 가는 굿이라도 실전에서 무조건 본인이 직접 해보면서 익혔다.

그렇게 엄마는 무당, 그리고 여자로서는 정말 어마어마한 돈을 짧은 기간에 벌어들였다. 내가 고등학교에 진학하고 나서 몇 달이 채 지나지 않았을 무렵, 그러니까 우리 가족이 이태원으로 이사를 온 지 2년이 살짝 지났을 무렵에 내가 어렸을 때부터 그토록 꿈꾸던 '아파트'로 이사를 하게 되었다. 그것도 월세나 전세가 아닌 무려 '자가'로 말이다.

이사를 온 곳은 옥수동의 한 아파트였다. 조금만 걸어가면 한강이 보이는 곳이었고, 집 앞에 1호선 옥수역이 있는 역세권 아파트였다.

엄마는 안방에 방음공사를 하고 그곳에 신당을 차렸다. 아파트라서 이태원에서나 의정부에서처럼 신당에서 '징' 같은 것을 두들기거나 시끄럽게 하지는 못했다. 그래도 나는 엄마가 그러거나 말거나 '아파트'에 산다는 것 자체가 너무나 좋았다.

내가 다니는 고등학교는 옥수역에서 조금만 가면 있는 학교였다. 나는 늘 같은 위치에서 전철을 타고 학교를 가는데, 그런데 며칠째 나처럼 늘 같은 위치에서 우리 학교 교복을 입고 가고 있는 학생이 있었다.

교복의 상태로 보나, 명찰의 색깔로 보나, 나와 같은 신입생인 것 같았다. 그 녀석은 나랑 키는 비슷해 보였는데, 마르지도 뚱뚱하지도 않은 체격이었지만 얼굴이나 손의 색깔이 허여멀겠다. 꼭 백인 같아 보였다.

나는 호기심에 그 녀석의 근처로 가서 곁눈질로 그 녀석의 명찰을 흘겨보았다. 그 명찰에는 '박지원'이라고 쓰여 있었다.

레로쉬 호텔 전문 사관학교

내가 고등학교에 진학한 지도 몇 개월이 흘렀다. 그동안에 난 지원이와 무척이나 친해졌다. 매일 아침, 같은 자리에서 전철을 타는 그 녀석은 알고 보니 우리 반이었다. 그래서 하교도 같이하자고 내가 먼저 권했고, 그러면서 급진적으로 친해졌다.

그 녀석은 내가 옥수동 아파트에 산다는 것을 부러워하는 것 같았다. 그 녀석은 금호동에 산다는데, 아마도 아파트에 사는 것은 아닌 것 같았다. 아무튼, 그게 중요한 것이 아니라 내게도 마음을 나눌 친구라는 것이 생겼다.

하긴, 나는 어려서부터 전학을 많이 다니느라 친구도 없었고 친구를 사귀는 법조차 배우지 못했다. 그래서 그런지 중학교에서는 내 엄마가 무당이라며 내게 쌍욕을 날리던 그 말더듬이와 친구를 하는 바람에 또 친구에게 상처를 받았던 것이 거의 전부였다.

중학교 3학년 들어서서는 우리 반에 타 지역에서 전학 온 친구가 있었는데 그 친구와 친하게 되었고, 그 친구는 말더듬이와는 다르게 내 엄마가 무당이라는 것을 크게 신경 쓰지 않는 그런 아이였다. 그래서 그 친구와 친하게 지내는가 보다 했더니 그로부터 몇 개월 후 서로 다른 고등학교로 진학하는 바람에 헤어지게 되어 또다시 내겐 친구가 없어진 것이다.

지원이와 나는 학원이라는 곳 자체를 다니지 않았다. 우리 학교는 상경 계열이라 일반 교과를 배우는 보습학원이나 이런 곳보다는 컴퓨터 자격증 학원을 더 많이 다녔는데, 나도 그 녀석도 거기엔 별 관심이 없었다.

우리 엄마는 항상 내게 "너보다 더 나은 친구를 사귀어라." 이렇게 말하곤 했는데, 지원이가 그랬다. 지원이는 성적으로 보나 뭘로 보나 나보다 조금 더 앞서 있었다.

고등학교를 선택할 당시, 내가 덕수정산고를 선택한 이유는 어중간한 내 성적으로 일반계를 가서 들러리를 하는 것보다 조금 더 공부를 열심히 하면 덕수정산고에서 상위권에 들 수 있다고 생각했기 때문이다.

그런데 그건 나만의 큰 착각이었다. 그 당시 덕수정산고는 상경계열이었는데도 일반계열보다 성적이 더 우수한 학생들이 진학을 많이 했다. 나처럼 생각한 학생들이 많았다는 뜻이다. 그래서 그런지 내 고등학교 1학년 초 성적은 중위권에 그쳤다. 하지만 지원이는 항상 나보다 몇 등이나 더 앞서 있었다.

그 녀석에 대한 열등감 때문이었을까? 죽어라 열심히 해서 반에서 7등까지 성적을 올려놓았더니만 그 녀석은 4등을 해버렸다.

"야! 너 공부 안 했다며?"

"응? 나 공부 안 했는데?"

순전히 거짓말이었다. 공부를 안 했다는 그 녀석의 성적은 항상 나보다 상위권이었으니까. 뭐, 나중에 성인이 되어 우스갯소리를 하며 물어봤더니 본인도 뒤에서 내가 따라오니까 죽어라 했다고….

우리 엄마가 후회하는 것 중의 하나가 옥수동 아파트를 단돈 2억 대 중반에 팔아버렸다는 것이다. 아파트는 무당집으로서는 정말 최악의 장소였다. 무당집인 우리 집은 항상 손님이 왔다 갔다 해야 하고, 우리 엄마는 늘 손님이 오면 징을 치며 기도 내지는 축원을 드려야 했으니까 말이다. 아무리 방음공사를 완벽히 했다고 하지만 늘 주변 이웃들이 컴플레인을 걸었다.

그래서 옥수동에 들어간 지 단 몇 개월 만에 팔아버리고 서울 중랑구에 있는 중화동으로 이사를 갔다. 그것도 하필 사람들이 한참 축구로 미쳐 있을 2002년 6월에 말이다.

엄마는 그 옥수동 아파트를 팔아버린 것이 정말 후회된다고 했다. 2억 대 중반에 팔았던 그 옥수동 아파트가 지금은 20억을 호가하니….

엄마는 중화동에 한 허름한 집을 사서 그 집을 다 허물고 집을 지었다.

"가장 빨리 지어지는 집이 뭐예요?"

엄마가 그렇게 물어보자 건축업자는 조립식 주택을 권유했고, 엄마는 중화동 40평 남짓 되는 땅에 2층짜리 조립식 주택을 지었고, 1층에는 신당을, 2층에는 살림집을 차렸다.

엄마는 중화동으로 이사를 하고 나서는 아파트에 있을 때보다 더 자유롭게 축원을 드렸다. 게다가 무당이 일 년에 한두 번씩 하는 '진작굿'이라는 것을 집에서 해버렸다(매번 굿판을 집에서 열었던 것은 아니었고 '진작굿'만 집에서 하고, 평소에는 굿당으로 나갔다).

엄마는 굿판을 열면 주로 국악 악사를 기본적으로 3명을 부른다. 피리, 대금, 해금 악사님들이 그런 사람들인데 이들을 주로 3잽이라고 호칭한다. 중화동 집에서 장구와 제금 그리고 3잽이 악사를 불러 굿판을 열어도 주변에서 컴플레인 하나 없었다.

아마도 동네가 시끄럽기는 아파트나 단독주택이나 똑같을 것이다. 그걸 대비해서 엄마는 이사를 오고 첫 굿판을 여는 날 출장 뷔페를 불러서 주변에 사는 이웃들을 모두 초대해서 먹였고, 굿판에서 통돼지 5마리를 올렸다가 그것을 모두 이웃들에게 주었다.

그리고 그 이후로도 굿판이 열릴 때면, 과일이라든가 떡 등을 모두 싸 와서 주변 이웃들에게 퍼주었다. 특히 무당집은 늘 쌀이 넘쳐나는 데 그 쌀을 모아서 동사무소에 가져다주어 기부도 하면서 중화동에서 터를 잡아나가기 시작했다.

그 덕분에 중화동 우리 집에서 일 년에 한두 번 굿판을 열어도 주변 이웃들이 단 한 번도 컴플레인을 걸어오지 않았다.

엄마의 굿 실력은 날이 가면 갈수록 업그레이드되었다. 노련해졌다고 표현을 하면 맞을 것 같다. 이제 막 굿을 배우는 애동 제자들의 최대 고민은 굿판에서 '문서' 이외 손님들에게 도대체 무슨 말을 해주어야 하나를 고민을 많이 한다.

그동안에 엄마의 이야기를 들어보면, 무당이 되었다고 해서 신이 무당의 몸에 실려서 신의 언어로 말을 하는 것이 아니라, 신이 툭! 툭! 던져주듯이 무당에게 던져주면 그걸 무당이 캐치를 해내야 한다고 했다.

그래서 이제 갓 신을 받은 애동 제자들은 이것이 과연 내 생각인지, 아니면 신이 던져준 그 무엇인지를 구별을 못 하기 때문에 처음엔 누구나 '어버버' 한다는 것이다.

그러다가 노련해지면 점차 신의 언어처럼 말하게 되고 막말로 손님을 가지고 놀 수 있을 정도가 되는 것이라고 했다.

엄마가 그랬다. 이제는 노련한 모습으로 점상에서든 굿판에서든 손님을 마음대로 울렸다 웃겼다 할 수 있을 정도로 노련한 만신이 되어버린 것이다.

나 역시 고등학교부터는 무당으로서의 엄마를 많이 접할 수 있었고, 엄마도 이제는 내게 그런 모습을 애써 감추거나 하지 않았.

엄마의 손님들에게 차 대접을 하거나, 말을 많이 하는 엄마에게 중간중간에 물을 떠다 준다거나, 또는 진작굿에서 내가 그 굿판의 손님이 되어 엄마의 공수를 듣는다거나 이러한 것들이 내게 허락되었다.

　엄마는 무당으로서는 정말 타고난 복이 있는 사람이었다. 사실, 무당 자체가 똑똑해야 무당을 하더라도 이른바 잘나가는 무당이 되는 것인데, 엄마는 무당으로서 타고난 머리를 가진 사람이었다.

　그리고 엄마는 손님 복도 있었다. 손님이 하나같이 다 엄마를 무당으로서, 그리고 한 사람으로서 존경한다는 사람이 대부분이었다.

　그러나 엄마가 갖고 있지 않은 복이 딱 한 가지가 있었다. 그건 바로 '신 제자' 복이었다. 엄마가 그 정도의 위치까지 오기까지 수많은 제자가 있었다. 엄마의 성격이 너무나도 완벽함을 추구하는 스타일이고, 게으르거나 더러운 꼴을 못 보는 그런 엄한 스승이었다. 하지만 반면에 제자들이 돈에 허덕이는 모습을 보지 못하고 늘 제자들에게 돈을 퍼주는 그런 사람이었다.

　그러나 제자들은 그런 완벽한 스승의 밑에서 너무나 힘들어했고, 하나같이 전부 끝까지 가질 못하고 중도 포기를 하고 마는 제자들뿐이었다.

　내가 고등학교 3학년이 되었을 무렵, 어느 날 엄마는 나를 앉혀 놓고 내 진로에 관한 이야기를 하기 시작했는데 엄마의 입에서 뜻밖의 이야기가 나왔다.

　"아들아. 너 혹시 호텔 쪽으로 관심 없니?"

　"호텔? 글쎄… 생각해 본 적은 있긴 하지만…."

생각해 본 적이 있다는 내 말에 엄마는 안심을 하고 그날부터 끊임없이 호텔 경영 쪽으로 진로를 잡자고 설득했다. 그런데 엄마가 말하는 호텔 경영은 그냥 평범한 것이 아니라 스위스 호텔 유학을 가라는 것이었다.

'레로쉬 호텔 전문 사관학교'

나도 엄마의 말을 듣고 충분히 생각을 한 끝에 '레로쉬 호텔 전문 사관학교'에 진학을 하기로 결심하고 수능도 모두 다 포기를 하고 오로지 영어 공부만 파고들었다.

그렇게 3학년 내내 유학 준비를 모두 마쳤고, 이제 비자만 나오면 나는 스위스로 호텔 유학을 가게 되는 지경까지 이르렀다. 그런데 갑자기 청천벽력 같은 뉴스가 내 앞길을 막았다.

예수님은 없다?

'×××정치인 병역비리' 사건. 그것이 터져버린 것이다. 당시 그 정치인은 2명의 아들이 있었는데 그 2명의 아들 모두 불법으로 병역 면제를 받았다는 뉴스가 터져버린 것이다.

그래서 당시 고등학생 이상의 나이의 학생에게 비자가 원활히 나오지 않게 되었고, 나 역시 고등학교 3학년이었기 때문에 비자가 나오기가 어려웠다.

당시 상황으로 통장에 5천만 원 이상의 현금을 가지고 있는 자가 보증을 서야 하며, 그렇게 해서 비자가 나왔다 치더라도 2개월에 한 번씩 국내로 들어와야 한다는 것이다.

그래서 나의 스위스 호텔 유학은 하루아침에 물거품이 되어버렸다. 게다가 영어 공부만 하느라고 학교 성적이나 수능 따위를 준비하지도 않았던 상태라서 나는 그냥 일순간에 아무것도 할 수 있는 것이 없는 멍청이가 된 상태로 허무하게 졸업을 했다.

　나는 이런 현실이 너무나도 싫었다. 게다가 지원이는 내가 한창 영어 공부에 열중하고 있을 고등학교 3학년 초부터 한 건설회사에 취직까지 성공해서 지원이와 나와의 능력 차이는 더욱더 벌어져 버렸다.

　"야. 근데 너 왜 관뒀어? 잘 다니던 직장을…."

　"어, 그냥 열심히는 했는데 나랑 잘 안 맞는 것 같아서…. 다른 일을 알아보든지 하려고."

　고등학교 졸업 후에 지원이도 잘 다니던 직장을 관두게 되었고, 그때 나는 문득 지원이를 붙잡고 말했다.

　"야. 그럼… 우리 군대 갈래?"

　"군대?"

　"응. 동반입대라는 게 있다던데…."

　지원이는 내 말을 듣더니 자기 아버지랑 상의를 하고는 흔쾌히 나랑 동반입대를 하겠다고 했다. 우리는 고등학교 1학년~3학년 내내 같은 반이었다가, 군대까지 같은 곳으로 가게 된 것이다.

　그렇게 나는 고등학교 졸업을 했던 해 6월, 지원이와 동반입대를 하게 되었다. 순전히 그 망할 정치인 때문이었다. 그 망할 정치인의 병역비리만 아니었어도 지금쯤이면 스위스에서 유학생활을 하고 있었을 텐데 머리를 빡빡 밀고 군대에 와 있다니 말이다.

그로부터 2년 하고도 21일이 지나고 난 후, 나는 지원이와의 동반입대를 무사히 마쳤다. 그런데 내가 제대를 하니까 우리 집에 변화가 있었다.

그동안 그래도 겉모습으로라도 남편 역할을 해주던 새아빠랑 엄마가 이혼을 한 것이다. 그렇게 술을 먹고 취해서 행패를 부려도 눈감아 주고 그러던 엄마였는데, 내가 군대에 가고 일 년 정도 있다가 도저히 묵고 할 수 없는 짓거리를 한 것이다.

엄마는 다른 것은 다 용서를 해주어도 바람을 피우는 것에 대해서는 용서를 못 하는 성격이었다. 나의 친아빠하고도 바람 때문에 헤어졌고, 새아빠하고도 바람 때문에 헤어지게 된 것이다.

"아들아. 그런데 오늘 굿판에서 봤던 김 선생 있지…?"

그리고 엄마 옆에는 어느새 다른 남자가 있었다. 엄마의 세 번째 남자였다. 새아빠와 헤어지고 난 후, 홀로되어 있다가 굿판에서 악사로 온 국악사 선생님이었다.

제대 후 처음엔 나도 그 선생님에게 도저히 '아빠'라거나 '아버지'라는 소리가 잘 나오지는 않았다. 처음엔 그저 '김 선생님'이라고 부르다가 뒤늦게 겨우겨우 '아버지'라는 소리가 입 밖으로 나왔다.

그 아버지는 주로 중화동에서 지낸 것은 아니었다. 본인 집이 따로 있었고, 그저 왔다 갔다 하며 지내는 정도라고 하면 좋을 것이다. 덕분에 나는 중화동 우리 집에서 엄마의 아들이자 남편 역할도 해야 했고, 그리고 무당인 엄마의 불목하니 역할도 맡아 해야 했다.

제대 후 얼마 동안은 내가 할 수 있는 일이라고는 없었다. 인터넷 사이트를 암만 뒤져봐도 전부 '초대졸' 이상이라는 조건이 붙어 있었고, 나 같은 고졸은 잘 구하지도 않을뿐더러 있다손 치더라도 몸이 힘들거나 '노동'을 요구하는 그런 자리뿐이었다. 덕분에 나는 몇 개월을 백수로 지내야 했다.

그러다가 어느 날, 문득 지방대학교들 입시요강에서 '추가모집'을 하는 것을 보게 되었고, 우연히 3곳을 지원했는데 3곳 모두 덜커덕 붙어버린 것이다.

극동대학교, 배재대학교, 강원도의 이름 모를 대학교, 이렇게 3곳에서 합격 문자가 왔고 대학 진학은 포기했던 나도 엄마도 그 소식에 너무나도 기분이 좋았다.

비록 지방대학교였고, 추가모집에서 합격한 것이긴 하지만 그 동안의 내 성적과 실력, 능력에 있어서는 과분한 합격통지인 듯 느껴진 것은 사실이기 때문이다.

"음…. 배재대를 가라."

"배재대? 대전인데?"

"응. 엄마가 무당으로서 보면 넌 배재대를 가면 좋을 것 같아."

그렇게 나는 엄마의 권유에 따라서 대전에 있는 배재대학교 경영학과에 진학하게 되었다.

"그런데 여기 기독교 학곤데?"

사실, 내가 예수님을 접하게 된 것은 배재대학교에서가 처음이 아니었다. 내가 다녔던 서울 오산중학교 역시 개신교를 종교로 하고 있는 학교였고, 배재대학교 역시 선교사인 아펜젤러 목사님이 지은 학교라서 채플이라는 수업을 들어야 했다.

"크큭… 괜찮아. 어때~ 넌 그냥 예배하면서 속으로 '동자야~' 이러고만 있어~"

예배(채플)를 들어야 한다는 나의 걱정스러운 말에 엄마는 쿨하게 웃으면서 내게 그랬다. 채플 시간에 앞에서 기독교 동아리로 보이는 학생들이 찬양을 하고 목사님들의 설교에서 '예수님'이라는 말이 나올 때 나는 팔짱을 끼고 콧방귀를 뀌면서 말했다.

"씨발 예수? 예수가 어딨어? 예수 좋아하시네. 우리 엄마는 시퍼런 작두 위에서 맨발로 펄쩍펄쩍 뛰는 사람인데."

그랬다. 나는 예수님은 없다고, 교회엘 다니는 인간들이 미친 인간들이고 그저 자기 나라의 토속 신앙을 개무시하는 몰상식하고 이기적이며 배타적인 사람들이라고 생각을 했었다. 그리고 당시 배재대학교 근처에는 이런 소문이 나 있었다.

"배재대 다니는 서울 출신 학생들을 사귀어라."

이런 이상한 소문이 나 있는 이유는, 서울에 사는 부잣집 아들들이 성적이 부족해서 오는 대학교라는 어처구니없는 소문이었다. 그리고 그 소문의 진실성을 뒷받침해 주기라도 한 듯이 나는 다른 학생들보다는 부유하게 기숙사가 아닌 학교 앞 원룸에서 자취를 하며 학교에 다니게 되었다.

아마도 어른들에게 "재성이처럼 착한 애는 없을 거야."라는 평가를 들었던 그 착한 내가 서서히 변모하게 된 시점이 그때부터가 아니었나 생각이 된다.

엄마는 너무나 잘나가는 무당이었고, 어느새 나는 돈 100만 원이 우스운 사람들이 되어버렸다. 내게 100만 원은 그저 엄마가 손님들에게 몇 마디 말만 하면 손쉽게 벌 수 있는 그런 금액이라고 어처구니없는 생각을 했었다.

그래서 그런지 대학교에 다니는 내내, 알바도 하지도 않는 내 카드값은 늘 300만 원을 웃돌았고 그 정도는 너무나 적은 금액이라고 생각했다.

1학년을 마칠 때쯤 나는 경영학과 수업이 내게 맞지 않는다고 생각이 되어 국어국문학과로 전과를 해버렸고, 그사이 엄마에게는 새로운 제자들이 6명이나 생겼다.

역시나 그 6명은 엄마에게 배운다는 것을 매우 부담스러워했다. 엄마의 완벽함을 따라가지 못했고, 또 무서운 엄마 성격을 무척이나 부담스러워했다. 그 6명 중에서 한 명은 나보다 7살이나 많은 무녀였는데, 특히나 그 누나는 겁이 많아서 엄마를 잘 따르면서도 무서워하는 성격의 소유자였다.

"아들아. 이번 겨울 방학 동안에 네가 같이 지내면서 돌봐줘. 안 그래도 겁이 많은데 혼자 살아서 뒷바라지해 줄 사람이 없어."

엄마의 실수였다. 군대까지 다녀온 나를 남자로 보지 않았던 것일까? 나보다 7살이나 많았다곤 하지만 젊은 남녀를 같이 살게 했던 것이 실수였다.

왠지 그 누나도 나를 남자로 보지 않았고, 나 역시 처음엔 그 누나를 여자로 볼 생각은 단 1도 하지 않았고 그렇게 겨울 방학 동안 같이 지내게 되었다. 그리고 그 누구도 우려하지 않았던 일이 벌어지고 말았다.

누나와 같이 지내면서 급속도로 친하게 되었고, 그 친분은 친분을 넘어서게 되면서 하룻밤까지 지내게 되어버렸다.

그렇게 나는 그 누나와 그 누구도 모르게 비밀연애를 시작하게 되었다. 아마도 엄마가 알면 잘난 자기 아들이 '무당'과 사귄다고 난리를 치면서 쓰러질 것이 뻔했고, 그 누나 역시 무서운 신 엄마에게서부터 쫓겨날 것이 뻔했다. 하지만 그 두려움은 우리 둘을 막을 수 없을 것만 같았다.

우리…
도망갈까?

"자기, 어떡해…? 응?"

"뭘 어떡해…. 내가 도와줄게. 나만 믿고 있으니라니까?"

내가 겨울 방학 동안에 누나네 집에서 사는 동안에 엄마가 누나에게 미션을 내렸다. 굿이라고는 한 번도 해보지 않은 누나에게 '문서'를 달랑 던져주고는 곧 있을 누나의 진작굿 때에는 누나가 거꾸로 가든 똑바로 가든 직접 '불사거리'라는 하나의 굿거리를 하라고 그런 것이다.

안 그래도 소심하고 겁이 많은 누나에게 그런 미션을 주었으니 혼자 난리가 난 것이다. 사실, 엄마는 홀로 있는 누나를 돌보라는 이유도 이유지만, 무속과 관련된 지식은 내가 웬만한 무당들보다 더 잘 알고 있었기에 날 누나의 독선생으로 보냈던 것이다.

"이거 뭐야? 새로 샀어?"

누나와 사귀기로 한 날 다음 날 아침 식사 시간이 되니 밥상에 새로운 밥그릇과 국그릇, 그리고 새로운 수저 세트가 있었다.

"자기 것이야."

보수적인 성격의 엄마의 밑에서 자랐던 나 역시 나도 모르게 그런 보수적인 성향이 짙어졌나 보다. 어느새 누나가 남자친구를 위해 내 전용 그릇과 수저 세트를 새로 산 것이다.

왠지 그걸 보고 벌써 누나와 부부 사이라도 된 것처럼 느껴져서 그저 그냥 좋아서 웃어댔다. 그리고 본격적으로 누나의 진작굿에서 첫 굿거리를 발표하기 위한 프로젝트는 시작되었다.

"누나한테 불사거리 문서 프린트해서 줘."

내가 엄마의 굿거리 문서들을 모두 컴퓨터로 가지고 있었기 때문에 내게 그런 것이다. 하지만 내가 그걸 가지고 있다고 해서 모든 것을 누나나 다른 제자들에게 함부로 줄 수 없는 노릇이다. 엄마의 허락 없이 막 줬다가는 엄마는 성인이 된 날 복날 개 패듯이 패버릴 것이 뻔했다.

나는 누나에게 불사거리 문서를 건네주고는 말했다.

"누나. 문서 자체를 외우는 것은 내가 도와줄 수 없어. 누난 그것만 외워봐. 나머지는 내가 알아서 해줄 테니까."

"정말? 응…. 알았어. 해볼게."

그렇게 누나는 내가 내려주는 더 쉬운 미션을 위해 밤낮으로 문서만 쳐다보고 있었다.

"하… 어려워. 도통 어려운 말도 많고…."

누나는 내가 생각하는 것보다 훨씬 더 못했다. 남들보다 훨씬 더 이해력과 암기력이 뒤처지는 느낌이었다.

그러고도 며칠이 더 지났는데 누나에게 더 나아질 기미는 보이지 않았다. 그래서 보다 못해서 결국 내가 또 나섰다. 누나에 대한 교육방식을 조금 바꿔보기로 한 것이다. 무조건 암기보다는 처음에 전체적으로 이해시켜 주기로 했다.

"자, 봐봐. 이 문서라는 것에는 구성 방식이라는 것이 있어."

"구성 방식? 그게 뭐야?"

"처음엔 이 '불사님'이라는 신이 쉽게 말해서 자기가 누군지 소개하는 말로 구성되어 있어."

　　천궁 불사 일월 불사님 사해로는 용신불사님 아니시냐….

"이걸 모두 다 안 해도 상관없어. 하다가 중간에 생각나지 않으면 하지 말아~ 그게 다야."

"응?? 정말?"

"그래. 정말이야. 그게 다야. 그다음에는 굿하는 사람이 그 굿을 하는 이유가 있을 것 아냐? 그리고 그 굿을 하느라고 고생했으니까 칭찬을 해줘야지. 그다음에는…."

그렇게 누나를 위해서 하나하나 끼고 가르쳐 주었다. 내가 그렇게 끼고 가르쳐 주니까 어느새 누나의 머릿속에 저절로 문서가 들어가 버렸다. 툭! 하고 치면 나오는 MP3처럼, 달달 외우게 하고는 발걸음을 가르쳐 주고, 그 발걸음을 눈감고도 할 수 있을 때쯤 거기에 맞춰서 신복(굿을 할 때 무당들이 입는 신을 상징하는 옷)을 가지고 추는 춤사위 법을 끼워 맞췄더니 어느 정도 완성이 되었다. 그렇게 되기까지 한 달 정도가 걸렸다.

"자기. 우리도 노래방 가자. 응?"

"웬 노래방?"

지난번에 엄마가 계신 중화동에 다녀오더니 하는 말이다. 엄마가 자신이 굿을 공부할 적에 어떻게 했는지 이야기를 하다가, 목청을 틔우기 위해서 하루 종일 노래방에서 살았다는 이야기를 듣더니, 누나는 날이면 날마다 노래방에 가자고 조르는 것이다. 뭐, 덕분에 나 역시 그때 목청이 트였는지, 내가 노래를 잘하게 되어 버렸지만 말이다.

그런데 누나에게는 문서를 외는 것보다, 춤사위를 예쁘게 추는 것보다, 목청이 트여야 하는 것보다 더, 더, 더, 심각한 것이 남아 있었다. 그건 바로 누나의 소심한 성격이었다. 아직 본인의 진작 굿을 시작한 것도 아니었는데 벌써부터 떨려서 안절부절못하는 정도였다. 내가 온갖 감언이설로 설득을 해봐도 소용이 없었다.

뒤늦게 느낀 것인데, 그 문제는 내가 아무리 설득을 해봐도 소용이 없는 것이었다. 아마 이번 진작굿에서도 떨려서 제정신이 아닌 상태로 마칠 것이다. 누나의 그 소심함을 고칠 수 있는 것은 오로지 '경험'이다. 많이 해보면 해볼수록 점점 나아질 것이다.

 내 예상대로 누나의 진작굿에서 누나의 첫 굿 발표는 떨림으로 시작해서 떨림으로 끝이 났다. 그래도 나름대로 잘했다고 생각했는데, 누나는 자신이 바보 같다고 한탄을 했다.

 "괜찮다니까. 잘했다고~ 내가 잘했다고 그러면 진짜 잘한 거야. 날 못 믿는 거야?"

 "아… 아니. 믿지…. 훌쩍…."

 누나는 충남의 한 지방에서 살았는데, 나는 겨울 방학이 끝난 이후로도 거의 자취방이 아닌 누나의 집으로 무려 대전에서 왔다 갔다 했다. 우리는 엄마 몰래 비밀연애를 하면서도 서로 정말 부부가 된 것처럼 느껴졌다. 아니, 적어도 나는 그렇게 생각이 되었다.

 여전히 엄마의 굿이 많긴 했지만, 예전만 못하긴 했다. 이 나라가 생긴 이래, 단 한 번도 살기 편하다고 했던 적이 없던 세상. 그 어려운 상황에서도 유일하게 손님이 들어오는 곳은 바로 무당집이다.

 사람들이 어려우면 어려울수록, 내게 무슨 문제가 있나? 내 미래는 앞으로 어떻게 될 것인가? 하고 찾아오는 것이 바로 무당집이라는 것이다. IMF가 왔을 당시에도 엄마의 신당에는 손님이 많았다. 그렇게 어려울 당시에도 손님이 있었는데, 점점 손님이 줄어들어 갔다. 굿이 있는 날이면 나는 대전에서 충남에 있는 누나의 집으로 가서 픽업을 하고 중화동으로 올라갔다.

 엄마의 다른 신 제자들은 거의 다 나가고 누나와 몇몇 제자밖에 없던 상황, 저녁에 올라가면 엄마는 2층에서 자고 나와 누나는 다음 날 아침 일찍 먼저 출발해야 해서 1층 신당에서 잠을 자곤 했다.

 우리는 늘 겁이 났다. 나와 누나의 사이가 그렇고 그런 사이라는 걸 엄마가 아는 날에는 엄마의 반응이 뻔했기 때문이다. 아예 시작하지 말았어야 할 연애, 그 위험한 연애에 나는 우리의 미래를 뻔히 알고 있었다. 이 누나 역시 신 제자로서의 모습으로는 더 이상 버티지 못할 것만 같은 그런 상태라는 걸 알고 있었다. 그렇게 되면 우리의 비밀연애 관계도 역시 끝이 나겠지?

 나는 신당 거실 소파에서, 누나는 바닥에서 이불을 깔고 누워 잠을 청했다. 늦은 저녁이라 냉장고 돌아가는 소리가, 그리고 시계의 초침 소리만이 시끄럽게 했다.

 "우리… 도망갈래?"

 가만히 누워 있던 누나가 그 정적을 깨고 먼저 입을 열었다. 누나의 그 말이 무엇을 뜻하는지는 뻔했다. 누나의 그 도망가자는 말에는 힘듦이 있었고, 지침이 있었다.

 "나 백수야…. 나 능력도 없어…."

 내가 할 수 있는 평계는 그게 전부였다. 난 평생 엄마가 전부인 줄로만 알고 살아왔고, 엄마만을 생각하며 살아왔다. 물론 지금은 엄마랑 말다툼까지 해서, 그리고 엄마의 그 불같은 성격에 질렸지만 그래도 내 연애 때문에 엄마로부터 도망가는 것은 무리였다. 아마도 누나도 그렇다는 걸 뻔히 알았을 것이다. 우리는 서로의 말에 담긴 깊은 뜻이 무엇인지 훤히 꿰뚫고 있었지만, 나도 누나도 애써 모르는 척했다.

"내가 먹여서 살리면 되지…."

"정말? 내가 능력이 없어도?"

그러고 싶었다. 백 번이나 천 번이나 그러고 싶었다. 하지만 나는 누나에게 더 이상 긍정의 말도 부정의 말도 할 수가 없었다. 결국 며칠 후, 누나는 엄마로부터 독립을 하게 되었고, 우리의 비밀 연애도 자연스럽게 끝이 나게 되었다.

엄마에게 들은
납치당한 이야기

 엄마의 마지막 제자, 그 마지막 제자였던 나의 그녀는 그렇게 나갔다. 엄마가 제자 복이 없는 것은 엄마의 잘못인지 그 어떤 것의 잘못인지 아들인 나로서는 객관적인 판단이 불가능했다.

 아무튼 그 이후로 엄마를 도울 수 있는 것은 또다시 나뿐이었다. 국악 악사인 새아버지가 계시지만, 무당과 악사 사이에서는 서로의 영역에는 터치하지 않는 것이 일종의 암묵적인 룰이었으니까 말이다.

 나 역시 엄마를 따라다니면서 무속에 관해서 하나씩 배우고 관여하는 것이 재미있었다. 나 스스로를 평가한다면, 엄마만큼은 못하지만, 무속이나 굿에 관련한 내 지식은 웬만한 애동 제자들보다 더 뛰어났다.

나 혼자 굿판의 상차림도 가능했고, 굿판이 시작되면 엄마나 다른 무당 선생님들의 보조를 완벽하게 해드렸다.

"어머. 아들이 웬만한 무당들 뺨치네. 어쩜 이렇게 잘해?"

선생님들은 하나같이 내 보조 실력을 칭찬했고 어떤 무당들은 내게 물어보며 배우기까지 했다.

굿에 대한 내 관심은 보조를 넘어서 굿판 자체에 참여까지 가능하게 했다. 엄마가 굿을 잘한다 하지만 유일하게 약한 부분이 장구를 치는 것이다.

그도 그럴 것이 그동안에는, 여태까지 굿판에서 장구는 엄마 대신 새아빠(이혼한 황 씨)의 몫이었으니 말이다.

나 역시 엄마가 한 거리를 끝내고, 다른 무당 선생님이 또 다른 거리를 할 차례가 되어 엄마가 장구를 쳐야 하는데, 어느 날부터는 힘든 엄마를 밀어내고 내가 장구채를 잡았다.

굿에 대한 내 욕심은 거기서 끝이 아니었다. 어느 순간부터 내 관심은 국악기 피리로 가 있었다. 엄마의 굿판이 열리면 장구를 치면서 내 눈은 언제나 새아버지의 피리 부는 모습에 가 있었다.

"엄마. 아부지한테 피리 하나만 달라고 그러면 안 돼?"

"피리?"

나는 엄마에게 조르고 졸라서 새아버지로부터 피리 한 세트를 얻어냈다. 처음엔 너무 힘이 들었다. 피리는 처음에는 '김'이라는 것을 넣는 연습을 해야 하는데 '부우~' 하고 무려 1분여를 불러야 한다는 것이다.

나는 대전에서도, 서울로 올라와서도 늘 피리 김 넣기를 연습했다. 그리고 마침 엄마의 굿판도 자주 열렸기 때문에 굿판에서 쓰이는 음악을 귀동냥했다.

나는 아직도 국악 악보를 볼 줄 모른다. 오로지 귀로 듣고 음을 외워서 부른다. 내 실력으로는 다른 무당집으로 다니기엔 부족한 실력이었지만, 엄마의 굿판에서는 틀리더라도 맘 놓고 부를 수 있었기에 늘 국악 피리 선생님 옆에서 쌍피리로 불러댈 수 있었다.

*

"아들아. 너 당분간 정숙 이모 좀 도와줘라. 응?"

정숙 이모는 엄마의 손님이었는데 단골이 되어 엄마와는 언니 동생 하던 이모였다. 그런데 그 이모가 장사 경험도 없이 미아리의 한 대형 카바레에서 매점을 얻었으니 나더러 인수인계를 받고 장사 초보인 정숙 이모를 도와주라는 것이었다.

나는 흔쾌히 알았다고 했고 정숙 이모 대신 내가 인수인계를 받아서 정숙 이모에게 장사를 천천히 가르쳐 주었다.

그 매점에서 하는 일은 대충 이랬다. 카바레에 온 여자 손님들의 핸드백을 보관해 주고, 담배도 커피도 팔면서 아주 간단한 과자 등을 접시에 예쁘게 담아 웨이터들에게 팔면, 그 웨이터들이 자신들의 단골 고객들에게 서비스 안주로 나가도록 해주는 일이었다.

그렇게 몇 개월을 무급으로 도와주게 되었다. 그런데 그런 장사가 처음인 정숙 이모에게는 너무나도 힘든 일이었는지, 일 년이 채 못 가서 엄마의 또 다른 오랜 단골인 일산 이모에게 넘겨주게 되었다.

그 일산 이모에게 인수인계를 해주는 것도 단연 내 몫이었다. 참, 그 일산 이모는 엄마의 특별한 단골이었다. 엄마가 신내림을 받고 나서 엄마에게 첫 번째로 굿을 했던 엄마의 가장 오래된 신도였다.

그 이모에게는 딸이 한 명 있었는데, 그 딸이 나처럼 자기 엄마 대신 인수인계를 받으러 같이 나온 것이다.

내가 일산 이모의 딸에게 3일 정도 인수인계를 해주는 동안에 우리 두 사람은 무척이나 친해졌고, 어느새 그녀와 나는 사귀는 지경까지 이르게 되었다. 더구나 이번엔 양가 부모님들이 모두 다 알게 된 상태였고 허락도 받은 상태로 연애를 시작했다.

"사실 난, 걱정이 있어. 네가 잘 알다시피 이모는 엄마가 신내림을 받을 때부터 단골이었어. 15년이 넘도록 신도였다고, 만약 니들이 서로 잘못되면 이 15년이 넘는 신도의 관계도 서먹서먹해질 거야. 그러니까 잘해야 해."

"예. 알겠어요. 걱정하지 마세요."

우리는 그렇게 양가 부모님 허락하에 공개 연애를 시작했고, 굿이 있는 날에는 그녀도 함께 가서 도와주는 등 무당의 아들이라고 해서 색안경을 끼고 보지 않을까? 하는 걱정 따윈 전혀 하지 않아도 되었다.

그녀와 연애를 하면서 다툼이나 싸움 따위는 전혀 하지 않았는데, 다만 서로 맞지 않는 점이 딱 한 가지가 있었다. 그건 바로 서로의 가정 형편이 너무나도 다르다는 점이었다. 누가 들으면 그게 무슨 문제가 되냐? 하고 묻겠지만, 실상은 나는 어려서부터 엄마가 돈을 잘 벌었기 때문에 부유하게 자라면서 그 씀씀이도 약간 달랐다. 씀씀이 자체가 헤픈 정도는 아니었다고 하더라도, 우리 가족의 소비 습관은 무얼 하나 사더라도 비싸고 좋은 것을 사자! 라는 반면, 그녀의 집안은 '부유'와는 거리가 먼 가정환경이었다. 늘 돈에 쪼들려야 했고, 그 덕분에 무얼 하나 사더라도 무조건 저렴한 물건이 우선이었다.

한번은, 그녀가 날 준답시고 장갑을 하나 사주었는데 그 장갑은 지하철에서 카트를 끌고 다니며 싸게 파는 사람으로부터 산 장갑이었다. 그런 물건을 사준 그녀의 앞에서는 애써 웃음을 지어 보이며 고맙다고 했지만, 우리 가족은 그런 물건은 돈이 억만금이 있어도 사지 않을 사람들이었다.

그녀와 맞지 않는 것은 또 있었다. 어느 날 그녀의 베스트 프렌드가 시집을 가는데, 결혼 선물을 한답시고 전철을 타고 발품을 팔아 겨우 사 온다는 것이 아주 자그마한 5천 원 정도 되는 조화 화분이었다.

"그걸로 되겠어?"

"응?? 이게 어때서…?"

그녀는 도통 뭐가 잘못되었다는 건지 이해를 하지 못했다. 나 같으면 베스트 프렌드가 결혼을 해서 집들이를 한다고 하면 부부끼리 오붓하게 먹으라며 괜찮은 와인을 사준다든가, 부부 속옷 세트를 사준다든가, 그래도 그럴법한 선물을 할 텐데 겨우 사준다는 게 5천 원짜리 조화 화분을 사주는 것이다.

"흠…. 솔직히 말하면… 내가 네 친구 남편이라면 속으로 욕을 한 바가지 할 것 같아…."

솔직해도 너무 솔직했다. 사귀는 동안 단 한 번도 싸우지 않았는데 그 한마디로 대판 싸운 것이다. 하지만 그래도 그건 여느 커플들이면 한두 번씩 있는 연례행사 같은 정도였다.

웬만하면 나도 그녀도 서로 다르게 살아왔다는 걸 알기 때문에 서로의 그런 점을 이해해 주기로 하고 잘 지냈다.

그녀와 공개적으로 사귄 지 어느덧 3년이라는 시간이 지나고, 나는 대학교를 졸업하고도 교육대학원에 진학해서 교사 자격증 취득까지 마쳤다.

무당이 되고 난 후, 방송국 등에서 수많은 출연 요청이 들어왔지만 엄마는 '무당이 방송에서 뜨면, 반드시 방송에서 죽는다.'라는 생각 때문에 계속 거부를 해왔다. 그런데 최근 들어 나라의 경제 사정이 어려워지고 엄마의 손님은 옛 IMF 때보다 없었다. 그러다 보니까 엄마는 그런 엄마의 신조를 깨버리고 방송 출연을 허락하고 말았다.

종편 채널의 〈대찬 인생〉이라는 프로그램이었다. 나 역시 대학원에 다닐 적에 엄마에게 물었던 적이 있었다. 어느 날, 거실에 누워서 가볍게 엄마에게 질문을 던졌다.

"엄마. 근데… 아빠랑 어떻게 만났어?"

"응?? 왜 갑자기?"

"그냥… 갑자기 궁금해져서. 어떻게 만났길래 날 낳았나 싶어서…."

그렇다. 내가 기억하기로는 엄마와 아빠는 내가 정확히 7~8살 때 일산이 신도시가 되기 이전에 사글셋방에서 살 적에 결혼식을 했다.

아마도 돈이 없었고, 그리고 결혼식을 할 여건이 되지 않은 상태에서 날 먼저 가지고 난 다음 혼인신고를 하지 않았나 하고 생각이 들었다.

"음…. 예전에 엄마네는 행주대교 근처에서 살았는데 그때 주위에 부대 하나가 있었어. 너희 아빠는 그 부대에서 근무하던 군인이었어."

"군인??"

*

이어진 엄마의 말로는 이랬다. 어느 날, 외할아버지와 외할머니가 자전거를 타고 논에 일하러 가려고 집을 나서는 이른 아침이었다고 한다.

"숙아! 퍼뜩 인나서 청소 쫌 해라!! 밭에 댕겨온데이!"

"하… 알았어."

그렇게 집에 엄마만 놔두고 외할아버지와 할머니가 자전거를 타고 논으로 향하는데, 한참 잘 가고 있다가 자전거 옆으로 육공 트럭이 지나가게 되었고 그 트럭에 자전거가 부딪쳐 사고가 난 것이었다. 다행히 아주 큰 사고는 아니었지만, 할아버지와 할머니는 한동안 병원에서 입원해 있느라 논일을 하지 못하게 된 것이다.

"아이고! 참말로 큰일 났네!!"

할아버지는 병상에 누워서 온통 논일 걱정뿐이었다고 했다. 마침 논에 모를 내야 할 시기인데 병상에 누워서 아무것도 못 하고 있는 것이다. 그런 할아버지의 걱정을 듣고 엄마는 분통을 터뜨리면서 다짜고짜 부대로 찾아갔다고 했다.

"아… 여기서 이러시면 안 됩니다."

"안 되기는! 책임자 나오라고 하라니까요!! 당신들 때문에 우리 논에 모를 못 심잖아요!! 아!! 몰라!! 책임자 나올 때까지 나 이러고 여기 앉아서 한 발짝도 안 움직일 거니까. 알아서 해요."

그리고 엄마는 부대 위병소 앞에서 다짜고짜 드러누웠다고 했다. 위병소에서 근무하던 군인들은 어쩔 수 없이 부대에 보고를 했고, 잠시 후 나온 사람은 그 부대의 주임상사였다고 했다.

엄마는 그 주임상사의 멱살을 잡을 기세로 달려들어서 책임지라고 악다구니를 쳤고, 그 주임상사는 엄마의 그 못 말리는 악다구니에 지쳐서 부대 차원에서 모내기 지원을 약속을 겨우 해주었고, 엄마도 그 약속을 단단히 받아내고 나서야 돌아왔다고 했다.

그 이후로 정말 부대에서 군인들이 나와서 할아버지의 논에 모내기 지원을 나왔고, 그때 엄마는 몰랐으나 지원을 나온 군인이었던 아빠가 엄마를 처음 보고 엄마에게 푹 빠져버렸다고 했다.

"그때 부대에서 망원경 같은 것으로 쭈욱 지켜봤나 봐. 그것도 제대할 때까지. 3년 동안."

그 당시에는 군인들이 주변 민가에서 종종 밥도 얻어먹고 막걸리나 이런 것도 몰래몰래 얻어먹고 그런 시절이었나 보다. 군인이었던 아빠가 종종 엄마의 집으로 와서 밥도, 막걸리도 얻어먹으면서 엄마에게 자신의 얼굴도장을 찍어 친해졌다.

그리고 아빠가 제대를 하고 어느 날, 아빠가 다시 엄마의 집으로 찾아와 엄마를 택시에 태워 데리고 어디론가 향했다고 했다.

그 당시 엄마와 아빠는 꽤나 친했던 민가 처녀와 군부대 장병이었으므로 별 의심 없이, 어디서 맛있는 걸 사주려나 보다 하고 따라나섰다고 했다.

"아저씨! 어디 가는 거예요?? 왜 이렇게 멀리 가요!!"

"그냥 나만 믿고 가자."

엄마는 아빠가 자기를 그 길로 택시에 태운 상태로 전라도 시골까지 데리고 내려갔다고 했다. 엄마의 말에 따르면 아빠가 그 택시 기사까지 사전에 섭외를 해놓고 둘이 짝짜꿍을 맞춰서 일을 벌인 것이라고 했다. 그렇게 전라도 한 지방까지 도착했고, 아빠는 다짜고짜 할머니께 자기랑 결혼할 여자라고 소개를 했고, 엄마는 그 상태에서 무려 일주일 가까이 있었다고 했다.

엄마는 동네 어딘가로 갈 줄 알고 무일푼으로 나왔고, 게다가 그때에는 핸드폰은커녕 집에 전화도 없던 시절이라 어떻게 해야 할지 몰랐다고 했다. 엄마는 계속 도망갈 기회를 기다렸고, 어느 날 할머니가 장판 밑에 돈을 숨기는 것을 목격하고는 그걸 몰래 훔쳐서 겨우겨우 도망쳐 나왔다고 했다.

엄마의 집는 발칵 뒤집혀 난리가 났고, 경찰에 신고까지 한 상태였다.

"그래서 할아버지한테는 뭐라고 했어?"

"그때 하도 겁이 나서 그냥 친구 집에 있다가 왔다고 거짓말했어."

"엥??? 왜??"

"사실대로 말하면, 너희 외할아버지는 내 머리를 빡빡 밀고 뒈지게 팼을 거야. 무척이나 엄한 아버지였거든…."

그렇게 엄마는 한순간의 해프닝으로 넘기려고 했다. 그런데 그 사건이 있고 대략 1~2개월이 흘렀을 무렵, 엄마는 지난 일주일간의 일 때문에 덜커덕 임신한 것이다.

엄만 누구에게 말도 못 하고 한 다방에서 그저 제일 친한 친구에게 울면서 사실을 털어놓고 그 젊은 나이에 자신의 신세 한탄을 했다.

"흐흐흐흑… 미자야. 나 어떡해?? 아부지가 알면… 난리 날 거야. 응?"

"하이고…."

131

그렇게 친구에게 신세 한탄을 하며 울고 있노라니까, 어디선가에서 익숙한 목소리가 들렸다고 했다. 그 익숙한 목소리에 이끌려서 뒤편으로 가보니 아빠랑 어떤 한 남성이 둘이서 커피를 마시고 있었다고 했다.

엄마는 그 다른 남성이 누군지는 관심 밖이었고, 오로지 아빠만 보였다고 했다. 내가 아는 지금 엄마의 성격으로는 그렇게 아빠를 만났으면, 그 아빠는 반쯤은 초주검이 되어 있어야 했다. 그런데 그때의 엄마는 다짜고짜 아빠를 보고 아빠의 어깨를 치며 뛸 듯이 기쁘게 말했다고 했다. 엄마도 자기가 왜 그랬는지 도통 모르겠다고….

"아저씨!!!"

"어??? 수… 숙이…?"

내가 태어난 이야기

"아저씨!! 나 임신했어요!! 어쩔 거예요!!"

엄마는 아빠를 보자마자 대뜸 자신이 임신했노라고 소리를 쳤다. 옆에서 누가 보든지 말든지 오로지 엄마의 시선에는 아빠밖에 없었다.

그런데 그때 아빠의 반응이 엄마의 예상과는 빗나갔다고 했다. 아빠는 자리에서 벌떡 일어서면서 크게 호탕하게 웃으면서 말했다.

"정말? 와하하하하하!! 됐어! 이제 됐다!! 이야!!"

"예??"

아빠의 그런 반응에 엄마가 오히려 당황했고, 벙찐 얼굴로 어쩔 줄을 몰라 했다. 아빠는 그 길로 엄마와 양가에 허락을 받았다.

그때, 아빠네는 시골에서 서울 구파발로 와 있던 상태였는데 결혼식도 할 처지가 못 돼서 식도 올리지도 않은 채로 혼인신고만 하고 같이 살게 되었다고 했다.

엄마가 시집을 가보니, 양 시부모님에 시누이가 2명이나 있었던 집이었고, 그들의 생계를 책임지던 아빠는 트럭에 소금을 싣고 장사를 해서 근근이 먹고 살던 처지라고 했다.

아빠가 군에서 제대하고 식구들의 생계를 책임져야 하는 상황 속에서 엄마가 며느리랍시고 들어왔으니 할머니의 반김을 받을 리는 없었다. 그런 이유 때문인지 할머니는 아빠와 엄마와의 결혼을 달갑게 받아들이기는커녕 엄마의 시집살이는 고되었다고 했다.

부자는 아니었지만, 그래도 넉넉한 집안 환경의 그것도 막내딸이어서 귀염을 받던 엄마가 이런 집안에 시집을 와서 시집살이해야 하니, 그건 보나 마나 여느 드라마에서 보던 고된 생활이었을 것이다.

게다가 그나마 며느리를 아껴주고 사랑해 주던 시아버지가 계셔서 버틸 수 있었다. 당시 할아버지는 그 동네 통장까지 맡아 일하고 있었는데, 엄마는 집안일과 함께 그 통장 업무까지 도맡게 되었다.

엄마의 시집살이는 임신했다고 해서 특별 대우를 받지는 못했다. 임신을 하니까 먹고 싶은 것도 정말 많아졌고, 하루하루를 먹고 싶은 것도 참아가며 버텼다고 했다. 살아간 것이 아니라 버텨냈다.

엄마의 그런 옛이야기 중에서 그 당시 할머니의 못된 그 성질머리를 짐작할 수 있는 사건을 들을 수 있었다.

한번은 엄마가 너~무 배가 고파서 미칠 지경이었다고 했다. 그러던 어느 날 할머니가 장판 밑에 돈을 보관하는 것을 보고 할머니 몰래 장판 밑의 500원을 몰래 꺼내서 그토록 먹고 싶었던 가래떡을 사 먹었다고 했다.

그런데 그 사실을 할머니가 알게 된 것이다.

"아이고!! 내가 며느리가 아니라 도둑년하고 같이 살고 있네."

그렇게 할머니는 엄마를 보고 도둑년이라며 난리가 났고 아빠가 퇴근 후에 겨우겨우 달래가며 용서를 빌고 나서야 끝이 났다고 했다.

할머니의 그 못된 성질머리는 그 이후로 계속되었다. 추운 겨울의 어느 날, 아빠는 장사를 마치고 돌아오는 길에 그렇게 배고파 하는 엄마를 위해서 군고구마 한 봉지를 사 가지고 들어왔다. 아빠는 집에 들어오기 전에 방 창문 밖에 군고구마 봉지를 매달아 놓고 들어왔다.

"저 왔어요."

"응. 고생했다."

"오셨어요??"

당시 엄마와 아빠가 지내던 방에는 TV가 있었다. 아빠가 들어오니 할머니는 그 방에서 TV를 보고 계셨다고 했다. 아빠는 옷을 갈아입으면서도 시선은 창문가에 가 있었다. 날이 추워서 군고구마가 식을까 봐, 얼까 봐 걱정된 것이다.

그러나 할머니는 그런 사실을 알았는지 어쨌는지 몰라도 신혼부부의 방에서 TV에서 애국가가 나올 때까지 건너가지 않고 버티고 앉아서 계시고 건너가지 않으셨다고 했다.

군고구마가 문제가 아니라 아무리 그래도 신혼부부의 방에서 그놈의 TV가 뭔지 그걸 보느라 버티고 있었다는 것이다.

아마 할머니는 그러한 사실을 모르지는 않았을 것이다. 그냥 그저 자기 아들이 여자와 꽁냥꽁냥 하는 것 자체가 싫고 방해하고 싶어서 그랬을 것이다. 내가 알던 할머니의 성격으로는 충분히 그러고도 남을 사람이었다.

'동해물과~ 백두산이~'

"하~~암…. 이제 졸리네. 느그들도 그만 불 끄고 자거라."

"네. 건너가세요."

"주무세요. 어머니."

그러고 TV에서 애국가가 나오는 것을 기어코 보고 건너가셨고, 아빠는 걱정스러운 마음에 창문을 열어서 군고구마 봉지에서 군고구마를 꺼내 확인했더니, 그 군고구마는 이미 식다 못해서 꽝꽝 얼어서 딱딱한 돌덩이같이 변해버렸던 사건도 있었다고 했다.

그 못된 송아지 같은 할머니의 만행은 그것으로 끝이 아니었다. 이어지는 엄마의 말로는 정말 기가 막힌 사건을 들었다.

때는 해가 바뀌고 봄이 오는 시절, 드디어 내가 태어났고, 아빠와 엄마는 그토록 기다리던 나를 얻었다고 했다.

"그런데 있지? 그때 그 시절에 엄마는 널 산파 집에서 낳았다?"

"엥?? 1980년대 중반인데 산파 집에서??"

"늬 할머니가 얼마나 독하던지…."

나는 1980년대 중반에 태어났다. 그 당시에 산파 집에서 애를 낳는 문화는 거의 없어져 가는 문화 중의 하나였고, 대부분은 산부인과에서 애를 낳았다고 했다. 그런데 할머니는 엄마를 산부인과에 보내는 돈이 아까워서 동네 산파 집에서 낳게 한 것이다.

어찌 됐든 그 산파 집에서 엄마는 벽에 기대어 앉아서 다리를 벌린 상태에서 날 낳았다고 했다. 그 와중에 웃긴 사실은, 엄마가 날 낳던 도중에 아빠를 불렀다.

"재성 아빠. 나 담배 한 대만 딱 피우면 애가 쑥! 하고 나올 것 같아."

"어??? 어… 어!! 알았어. 어머니!! 잠깐 나가세요."

"에휴!!"

그래도 할머니는 다행스럽게도 며느리가 담배를 피우는 것에서만큼은 별 큰소리를 하지 않으셨다고 했다. 엄마가 입덧을 너무 심하게 했는데, 그 입덧을 가라앉히려고 담배를 배웠고, 날 낳는 중간에도 담배를 입에 물고 피우면서 애를 낳았다고 했다.

아무튼 그렇게 힘들게 날 낳았는데, 이상한 일이었다. 산파 할머니가 아무리 아기의 엉덩이를 때려도 울지 않는다는 것이다.

그리고 정신을 차린 엄마가 깨서 주위를 보니 아기는 이미 없었고 엄마는 순간 짐작했다고 했다.

"주, 죽었어요?"

그러자 산파 할머니가 입을 열었다.

"아… 아니. 그게 아니라 애가 안 울어서 병원에 갔어."

"네…?? 벼… 병원이요?"

그렇게 나는 태어나자마자 병원에서 인큐베이터에 있었다고 했다. 그렇게 내가 태어났고, 할머니의 못된 만행은 그 이후로도 더욱 심해졌다.

내가 태어난 지 삼칠일이 되는 날, 외할머니는 산후조리를 하는 엄마를 위해서 두꺼운 이불이랑 미역국에 넣어 먹으라고 소고기를 사가지고 직접 오셨다 가셨다고 했다.

그런데 엄마는 외할머니가 그렇게 오셨다가 돌아가시고 몇 날 며칠이 지나도 자신의 밥상에 맹물에 끓인 미역국만 올라왔다고 했다.

"어… 어머니. 저희 엄마가 사 온 소고기 있을 텐데…."

"산모가 고기 함부로 먹으면 자궁에 염증이 낀다!! 알지도 못하면서…. 점순이 도시락 반찬으로 장조림 했다!"

"예???"

할머니는 외할머니가 사 온 소고기로 장조림을 해서 막내 고모의 고등학교 도시락 반찬으로 만들었다는 것이다.

"엄마!! 너무한 거 아녜요?? 어떻게 산모를 이렇게 하실 수가 있어요!!"

"뭐??? 아이고!! 이게 아주 계집년에 미쳐서 부모도 못 알아보고!! 이게 다 너 때문이다! 얘가 원래 이러지 않았어!! 다 너 때문이야!! 네가 시집오고 나서부터 얘가 이렇게 변한 거야!!!"

"엄마!!!"

그렇게 아빠는 그로부터 엄마와 나를 데리고 집을 나왔다. 그리고 그길로 벽제에 살던 외할아버지댁으로 갔다고 했다. 날 낳은 지 삼칠일째가 되던 날이라고 했다.

아빠는 그나마 하던 소금 장사마저 때려치우고, 취직을 하기 위해서 매일같이 밖으로 나갔다. 그리고 엄마는 그제야 산후조리다운 산후조리를 하게 되었다고 했다.

나를 키우는 것은 오로지 외할머니의 몫이었다. 외할머니는 온종일 비닐하우스에서 상추를 뜯는 일을 하면서 하루하루 그 당시 5천 원을 일당으로 받으면 그 돈으로 우유를 사고 나면 이틀도 못 가서 뚝딱 해치워 없어졌다고 했다.

"너는 외할머니 공을 잊으면 안 돼. 널 키운 건 다 외할머니 공이야. 알았지?"

"아이고. 알았어. 알았어. 한 번만 더 하면 백 번이네…."

엄마는 내가 어렸을 때부터 내게 세뇌를 시키듯 이런 말을 해왔다. 그리고 외할머니로부터 내 친할머니에 대한 충격적인 이야기를 또 들을 수 있었다.

"하이고…. 느그 할마이가 얼~~마나 독하던지. 우리 동네 사람들이 느그 할마이한테 학을 뗐다 학을 떼었어!"

"왜?? 무슨 일 있었는데?"

엄마와 아빠가 외할아버지댁에 온 지 얼마 지나지 않았던 때였다고 했다. 그때 할머니가 벽제까지 찾아왔다고 했다.

할머니는 화가 나서 씩씩대면서 자기 아들을 내놓으라며 악다구니를 쳤고, 동네가 떠나가라 소리를 치는 것도 모자라 마당에 있던 물건들을 부숴가며 난리를 쳤다고 했다.

그 막무가내 할머니를 막을 수 있는 사람은 아무도 없었다. 아빠라도 있었으면 아빠가 말렸을 것인데, 아빠는 그날도 취직을 한답시고 밖으로 나가 있었던 상황이었다고 했다.

그러다가 분이 안 풀렸는지, 할머니가 방에서 시끄러운 소리에 빽빽 울어대던 날 데리고 나와서는 옆구리에 갓난아기를 끌어안고 다른 손에는 뜨거운 물을 들고 나에게 부어버린다며 난리를 쳤다고 했다. 외할머니로부터 그 소리를 들은 나는 너무나도 충격을 먹었다.

"저… 정말? 그래서? 그래서 어떻게 됐어? 할매?"

"그때, 뒤에서 느그 아빠가 살금살금 다가오더니 뜨거운 물을 들고 있는 느그 할머니 손을 탁! 하고 쳐버린 거야. 그것 때문에 느그 할머니는 손을 데고 순간적으로 널 놓치고 말았어."

그렇게 할머니가 날 놓치고 말아서 순간적으로 엄마와 외할머니는 물론이고 동네 사람들이 그걸 보고 소리를 쳤고, 아빠가 순간적으로 떨어지는 날 받아내었다고 했다.

"자, 재성이 데리고 방에 들어가."

"으어어엉~ 재성아~ 흐흐흐흐흑…."

그렇게 손을 덴 할머니는 병원에 갔고, 외할아버지는 할아버지와 함께 소주를 먹으며 양가의 화해 모드로 들어갔고, 그제야 할머니의 그 악행은 멈춰졌다고 했다.

그 소리를 듣고 너무나도 충격을 먹었다. 드라마에서나 보던 막장 드라마가 내 인생에서, 아니 엄마의 인생에서도 일어났다는 사실이 너무나 충격이었다.

그리고 아빠는 그 이후로 가까스로 외국인 회사에 취직했고, 일산의 단칸방 월셋집으로 분가하게 된 것이다.

그랬던 막장 스토리는 엄마의 인생에서만 일어났던 것은 아니었다. 나와 내 여자친구가 1천 일을 가까이 사귀고 있을 무렵, 엄마는 〈대찬 인생〉 프로그램에 이어서 다른 방송에도 연이어 출연하게 되면서 또다시 너무나 바빠졌다.

당시 나와 내 여자친구가 손님 예약을 받았는데, 전화기가 불이 날 것만 같았다. 그 당시 손님들이 엄마에게 점을 한 번 보려면 무려 3개월을 기다려야 볼 수 있었다.

엄마는 또다시 이태원에서처럼 낮에는 점을 보고 밤에는 굿당으로 나가서 굿을 하는 제2의 전성기를 맞이했다.

엄마를 도와주며 엄마로부터 일당을 받듯 하던 내 월수입은 500만 원을 가볍게 넘겼다. 교육대학원에 진학 후 취득했던 중등교사 자격증은 내겐 더 이상 필요 없는 스펙처럼 여겨졌다. 내가 엄마만 도와줘도 웬만한 선생님들 월급의 2배 이상을 벌어들일 수 있으니 그쪽으로 관심이 갔을 리가 없었다. 물론, 자격증이 있다고 해서 학교 선생님이 되기도 어렵기도 했거니와 내 능력을 넘어서는 일이라고 생각도 있었다.

그렇게 한바탕 바쁜 시즌이 갔고, 엄마는 몇 개월 만에 정말 많은 돈을 벌어들였다.

"우린 아파트 싫어~ 그냥 빌라 같은 것으로도 족해…."

"정말? 참 니들은 이상도 하다. 다른 애들은 아파트에 못 가서 안달인데. 어쩔 수 없지. 뭐."

그녀와 나는 곧 결혼 이야기까지 나오기 시작했고, 엄마는 그런 우리들의 신혼집을 사준다고 하는 것이다. 그렇게 우리의 결혼은 정말 순조롭게 착착 진행되는 것 같았다.

엄마가 작은 신축 빌라 하나를 사주었고, 가만히 있을 수 없었던 여자친구의 엄마는 이 집에 채워 넣을 살림살이를 책임지기로 한 것이다. 이른바 혼수였다.

누군가 그랬다. 결혼을 하는 과정에서 혼수나 이런 것에서 많은 커플이 헤어지게 된다고 말이다. 나는 그걸 보며 콧방귀를 뀌었다.

"저건 재네들이나 그런 거지. 우리 엄마는 자기가 뭘 안 사 왔다고 해서 뭐라고 그럴 사람이 아니야."

실제로 그랬다. 세탁기와 냉장고 등은 여자친구의 엄마가 샀지만, 나머지 살림살이는 거의 대부분 우리 쪽에서 샀다. 그런 것들은 엄마에게도 나에게도 그렇게 크게 신경 쓰는 부분이 아니었다.

그런데 문제는 엉뚱한 곳에서 어이없는 것으로 일어났다.

"우리 집안을 무시해도 유분수라는 것이 있는 거야. 재성아."

"아! 그런 게 뭐가 중요하다고!! 도대체 이해가 안 가네!!"
 엄마는 화가 나서 당장이라도 우리의 결혼을 물릴 듯이 난리를 쳤다.

그 망할
은수저

"야! 스테인리스 숟가락이 말이 된다고 생각하니? 우리 집안을 무시해도 유분수라는 게 있는 거야!!"

혼수랍시고 들어온 물건 중에 그릇 세트와 수저 세트가 있었다. 그런데 그 수저 세트가 그냥 평범한 스테인리스 재질의 수저 세트였던 것이다. 누구보다 전통을 중시하던 엄마는 그것이 용납이 되지 않았던 것이다. 엄마의 주장은 이랬다.

"우리 집안을 존중했으면 스테인리스 숟가락이 아니라 은수저 세트나 놋수저 세트가 왔어야 한다."라고 말이다. 정말 이해가 가질 않았다. 그까짓 숟가락 젓가락이 뭐라고 이렇게까지 화를 내는지 하고 말이다.

"죄송해요. 엄마. 우리 엄마 성격이 좀 그렇잖아요."

나는 제일 먼저 그녀의 엄마에게 가서 용서를 빌었다. 하지만 우리 엄마가 화가 난다고 막말을 퍼부어 대는 통에 그녀의 엄마는 쉽게 화가 풀릴 생각을 안 했다. 그래서 그런지 그녀의 엄마도 내게 막말을 퍼부어 댔다.

"쳇! 너희 집안이 뭐가 그리 잘났다고! 스테인리스 숟가락? 그거!! 일부러 그런 거야!!"

"후~ 알죠! 정말 죄송해요. 화 푸셔요…."

나는 그녀와 깨지지 않도록 정말 많은 노력을 했지만 화가 나 있는 것은 그녀의 엄마뿐이 아니었다. 자기 엄마에게 막말을 퍼부어 댄 것을 보고 그녀도 똑같이 화가 나버린 것이다.

"난 솔직히 이해하지 못하겠어. 아무리 그래도 우리 엄마한테 왜 그러는 건데? 그건 오빠 엄마도 우리 집안 우습게 보는 거 아냐?"

"하~ 미안해. 응? 우리끼리는 그러지 말자…."

내가 중간에서 아무리 노력을 해도 나는 우리 엄마도, 그녀도, 그녀의 엄마도 그 누구의 화도 풀어줄 수 없었다.

결국 그 작은 불씨로 인해서 두 집안의 불화는 걷잡을 수 없이 커져버렸고 결혼 이야기가 오고 갔던 우리 사이는 역시 깨져버리고 말았다. 그것도 그녀와 만난 지 1천 일째 되는 날 말이다.

나는 그녀와 공식적으로 헤어지고 나서 엄마를 찾아가 내가 갖고 있는 화를 있는 힘껏 내질러 댔다.

"앞으로 엄마 아들 장가가는 꼴 두 번 다시는 못 볼 줄 알아!!"

"뭐!!?? 이 새끼가!! 증말!!"

"이 정도로도 헤어졌는데, 앞으로 내가 어떻게 결혼해? 내 인생은 엄마 때문에 망쳐!! 알아!!??"

나는 그녀와 헤어지고 엄마에게 막말을 내 퍼부어 댔다. 내가 내뱉는 막말보다 내가 받은 상처가 더 크다고 생각을 했다. 정말 그랬다. 이 정도의 일로도 내 결혼이 깨져버렸는데 막상 결혼을 하고 난 다음에도 엄마의 그 이상한 성격으로 인해서 내 가정은 하루도 조용할 날이 없겠다는 생각이 들었다. 그래서 엄마에게 있는 막말 없는 막말을 마구 퍼부어 댔다. 그렇게 한바탕 퍼부어 대도 내 기분이 도저히 풀리지 않았다.

그날 이후로 나는 그 신혼집이라고 샀던 빌라에서 몇 날 며칠을 울어대며 씩씩거렸다. 그렇게 있으면서 별의별 생각이 다 들었다. 이놈의 빌라를 잘못 사서 그런 것인가? 그렇다고 이 집을 정리하고 엄마가 있는 중화동 집으로 들어가긴 절대로 싫었다. 내 머릿속은 온통 그녀의 생각으로 가득 차서 몇 날 며칠이나 나를 괴롭히고 있었다.

차라리 술이라도 먹을 줄 알았으면 몇 날 며칠을 술로 지새웠을 것이다. 술도 먹지 못하고 그저 담배로 너구리를 잡으며 며칠을 보냈다.

몇 년 전, 엄마와 새아버지는 경기도 연천에 500평 정도 되는 부지에 전원주택을 마련하고 정원도 꾸며놓고, 주말이면 왔다 갔다 하는 세컨드 하우스를 마련하셨다.

그곳은 엄마와 새아버지의 별장 역할을 했을 뿐만 아니라, 나와 그녀가 시간만 나면 자주 가서 우리 둘만이 조용히 지낼 수 있는 아지트이기도 했다.

그녀와 헤어지고 난 뒤, 한동안은 그 아지트로 가서 지내기도 했다. 시골이라 조용도 했거니와, 그곳은 그녀와의 추억이 고스란히 남아 있는 장소이기도 했으니까 말이다. 그런데 지금 내게 그곳은 가면 안 되는 곳이었다.

"총각! 오늘은 혼자네?"

"예? 아… 예…. 그… 그냥요."

우리나라 문화 중에 최고 싫어하는 문화. 오지랖. 내가 혼자이건 말건 도대체 그게 무슨 상관이란 말인가? 알고 있다. 그건 오지랖이 아니라 한국 사람끼리 아주 가볍게 주고받는 인사말이라는 사실을 말이다.

"밥 먹었어?"

라는 말이 정말 상대방이 굶었는지 궁금해서 묻는 말이 아니라는 사실과

"뭐 해?"

라는 말은 상대방이 정말 내가 지금 무얼 하고 있는지 궁금해서 묻는 말이 아니라는 사실이라는 것쯤은 나를 비롯한 한국 사람이면 누구나 다 아는 사실일 것이다.

그녀와 헤어지고 난 후로부터 내 성격이 이상해졌는지 몰라도 그런 사소한 것 하나하나가 모두 짜증 났다. 또 한편으로는 그때

나는 엄마가 벌어주지 못하면 아무것도 할 줄 아는 것이 없는 무능력의 끝판왕이었으므로 이런 무능력한 나와 헤어진 것이 그녀에게는 오히려 더 잘된 일이 아닌가 싶기도 했다.

또 내가 무능력하다고 생각하니 내가 아는 무능력의 최종 보스였던 나의 친아빠를 닮아가는 것 같아서 스스로가 짜증 나기도 했다. "넌 아빠처럼 살지 마라." 하고 나만 보면 이렇게 말했던 아빠. 그때의 그 말이 내게 하는 저주가 되었음을 그제서야 깨달았다. 실제로 난 정말 무능력한 내 아빠의 모습을 점점 닮아가는 것 같았다. 그렇게 살지 말라 했는데, 점점 그렇게 살아지는 것같이 느껴졌다.

내가 받은 상처는 몇 달이 지나도 가시질 않았다. 그녀와의 추억이 담긴 사진이 내 컴퓨터에 고스란히 저장되어 있었는데, 그 1만 장에 가까운 사진 자료들을 차마 나는 지울 수가 없었다. 지금이라도 내가 그녀에게 전화하면 금방이라도 자신도 보고 싶다고 오라고 그럴 것만 같고, 그녀도 나를 보고 싶어 할 것만 같았다. 사진 자료를 지우면 그런 작은 희망마저 없어질 것만 같아서 나는 도저히 그 삭제 버튼을 누를 자신이 없었다.

엄마는 내게 미안하다는 말은 하지 않는다. 엄마의 자존심이다. 분명 내가 아는 엄마는 엄마 자신도 지금 후회하고는 있을 것이다. 하지만 그 자존심 때문에 자기 행동이 틀렸다는 사실을 인정하고 싶지 않았을 것이다.

그러나 나는 정말 내가 엄마와 평생 등을 지고 엄마의 얼굴을 보지도 않으며 지낼 것이면 몰라도 그래도 내 부모이기 때문에 결국 내가 지고 말았다.

하지만 그 이후로 엄마는 내게서 더 이상 웃는 얼굴은 볼 수가 없었다. 엄마 앞에서 즐거워서 웃는 모습을 결코 보여주기가 싫었다. 그저 무기력하고 우울한 모습을 보여주는 것, 그것이 내가 엄마에게 할 수 있는 전부였고 무언의 항의였다.

그녀와 헤어지고 나는 대학원을 졸업하고 한국어 교원자격증을 따기 위해 공부하며 시간을 보냈다. 그렇게 헛되이 시간을 보내고, 그녀와 헤어진 지 대략 일 년이 훨씬 넘게 흐른 2015년 말~2016년 초쯤이었다.

엄마는 교육대학원을 졸업한 내가 교사가 되기를 희망했다. 나 역시 아무리 돈을 많이 번다고 해도 더 이상 엄마에게만 의존하는 것 자체가 싫기도 했거니와 엄마로부터 경제적 독립을 하고 싶었다.

하지만 그때 내가 할 수 있는 것은 그다지 별로 없었다. 교원자격증을 가지고 수많은 학교에 기간제 교사라도 하고 싶어서 이력서를 넣어봤지만, 경력이라고는 학원 강사밖에 하지 못했던 나를 쉽게 받아주는 학교는 단 한 곳도 없었다.

아니면 임용고시라도 볼까? 하는 생각은, 교육대학원도 겨우겨우 졸업한 멍청한 내게는 임용고시는 넘을 수 없는 장벽과도 같이 느껴졌다. 당시에는 노량진에 임용고시 학원들이 있다는 것조차 몰랐던 상태여서 그저 혼자 공부해서 합격해야 하는 줄로만 알았고, 나는 내 능력을 너무나도 잘 알고 있었기 때문에 이러지도 저

러지도 못하는 병신이었다.

 그때는 왜 다른 곳에는 눈을 돌리지 못했는지, 지금에 와서는 '난 정말 정말로 멍청한 인간이었구나.'라는 자학을 끊임없이 하는 그런 지질한 인간으로 변해버렸다.

 아무튼 그땐 나도 그렇지만 엄마도 날 교사로 만들고 싶어서 나보다 더 안달이 났다. 심지어 엄마는 돈을 주고라도 사립학교 교사로 만들고 싶어 했다. 엄마는 자신의 모든 인맥을 활용해서 알아보기 시작했다.

 정말 엄마에게 더 이상 손을 벌리거나 기대고 싶은 마음이 없었지만, 그렇게 뇌물을…. 아니 발전기금을 주고서라도 방법과 연줄만 있다면 그렇게 하고 싶었다.

 그러다가 알아낸 곳이 바로 경기도에 있는 한 기독교 대안학교라는 곳을 알게 되었다. 사립학교 정식 교사 자리도 아니지만 일단은 여기에서 경험을 쌓고 있으면 어떻게든 알아봐서 사립학교 정식 교사로 넣어준다는 것이다.

 대안학교가 뭔지도 몰랐고, 게다가 기독교 단체가 운영하는 학교라니 찝찝했지만, 그때 내 목표는 어떻게 해서든지 엄마로부터 경제적 자립을 하는 것이 가장 시급했으므로 이력서와 자소서를 쓰고 그 대안학교에 원서를 냈다. 그리고 면접 당일이 되었다.

"합격시켜 주면 교회 다닐 거예요?"

 그 대안학교 면접 자리에서 여자 교장 선생님이 내게 묻는 말이었다. 나는 합격시켜 준다는 말에 덜커덕 교회를 다니겠다고 해버렸다.

　나는 평생 내 엄마의 직업을 그 어느 누구에게도 숨기지 않고, 내 엄마는 '무당'이라고 자랑하며 살아왔다. 하지만 그 면접 자리에서만큼은 우리 엄마는 평생 교회를 다녔던 절대적 신자가 되었다. 그리고 엄마는 교회를 다녔지만, 아들은 교회와 믿음에 관심이 없어서 다니지 않았던 그런 스토리가 저절로 만들어졌다.

　그렇게 나는 무당 아들이면서 직장은 기독교 대안학교를 다니는 국어 교사가 되어버렸다. 내가 맡은 반은 고등학교 2학년 학생들이었는데, 처음부터 담임 직책을 맡게 되었고 그 학교의 중학교와 고등학교 국어 전담 교사가 되었다.

　아무리 내가 엄마에게 화가 나서 있는 상태였다고 치더라도 내게 걱정되는 것이 한 가지가 있었다. 그것은 늘 혼자 있게 된 엄마에 대한 걱정이었다.

　"이렇게 하면 내 핸드폰으로 집을 볼 수가 있는 거야."

　엄마 옆에 새아버지가 계신다고 하더라도 매일 같이 사는 것이 아니라, 각자의 집에서 왔다 갔다 하며 지내는 사이라서 엄마는 늘 혼자였다. 그래서 나는 생각한 끝에 엄마의 신당에 CCTV를 설치하고 스마트폰으로 실시간 시청이 가능하도록 만들어 놓았다.

　그렇게 하면 귀중품이나 현금이 많은 신당이라도 어느 정도는 보안적인 면에서 커버가 되고, 또 실시간으로 내 눈으로 직접 확인이 되니까 약간은 안심이 되었다. 나는 CCTV를 설치하고 나서야 중화동에서 학교 근처 오피스텔로 독립하게 되었다.

월요일부터 금요일까지, 아침 7시 50분까지 출근해서 오후 6시까지 근무를 하고 또 일요일이면 학교 내 교회에 가서 주말 예배를 봐야 했다. 게다가 한 달에 1회씩 학부모들을 학교로 호출해서 학교에서 '페어런츠 데이'를 개최한다. 그렇게 해서 한 달에 받는 내 월급은 무려 127만 원. 학교 근처 오피스텔 월세 50만 원을 내고 관리비 15만 원에 전기료, 통신비 등 이것저것을 빼고 나고 나서도 무려 마이너스가 되어버리는 신비한 월급이었다.

"월급 신경 쓰지 말고 그냥 경험 쌓는다 생각하고 다녀~ 월급은 중요하지 않아."

엄마는 내게 그렇게 말했다. 나 역시 그저 경험을 쌓자는 심정으로 월급을 신경 쓰지 않고 다녔다. 그것이 내게 독이 되는 줄도 모른 채 말이다.

아무리 내가 멍청하다고 하더라도 나는 교육학을 전공한 사람이었다. 그런 교육자 입장에서는 그 대안학교의 교육방침이 정말 이해가 가질 않았다.

그 학교는 초등학교 1학년부터 고등학교 3학년까지의 학생들로 구성되어 있었다. 초등학교 1학년 기준으로 보면, 최초 입학금은 500만 원, 그리고 한 달에 드는 교육비만 70만 원을 내고 다녀야 한다. 여기에 차량 운영비, 식비, 등등 모든 비용은 따로 받는다. 그런 많은 돈을 내면서 초등학교 1학년부터 보내는 사람이 누가 있나? 하겠지만 그건 나만의 큰 착각이었다. 이 학교에 보내는 학부모들은 일반 교육과정보다 성경의 말씀과 예수님을 배워나가는 것을 더욱 중요하게 생각하는 부모들이었다.

　그렇게 출근한 첫날, 오전 7시 30분에 출근을 하고 정확히 7시 50분이 되면 교사들끼리 모여서 아침에 성경을 읽고 QT라는 걸 시작한다. QT는 날마다 정해진 성경 구절을 읽고 서로 그 성경 말씀에 대해 자기 나름대로의 감상을 나누는 일이었다. 처음엔 그 성경을 읽고 국어교육과 출신인 나도 이해가 가질 않아서 그저 얼버무리고 말았다. 하지만 그런 것 따위는 문제가 되지는 않았다. 그 후 이어지는 내게는 너무나 충격적인 일이 내 눈앞에서 벌어지고 말았다.

그 요상한 소리는
'방언기도'

앞에서 QT를 주관하던 교장 선생님이 기도하는데, 내가 처음 왔다고 날 위한 기도를 해준다는 것이다. 그래서 시작된 기도….

"사랑이 많으신 하나님, 감사합니다. 오늘 이렇게 김 선생님과 처음으로 인연을 만들어 주심에 감사드리오며~"

이렇게 멀쩡히 시작했던 기도가 점점 언성이 높아지더니 강한 어조로 바뀌기 시작했다. 또 얼마나 할 말이 많은지 무려 3분이 넘어가고 있었다. 그런데 기도를 하던 교장 선생님이 감정이 더욱 격해졌는지 입에서 요상한 소리를 내기 시작했다.

"올롤롤롤롤롤 렐렐레레레렐렐레 우라라라라라라랄랄라랄…."

나는 너무나 충격을 먹어서 눈을 뜨고 그 교장 선생님을 봤다. 그 교장 선생님은 하늘 위로 손을 뻗어 손바닥을 나를 향한 채로 이런 요상한 소리를 내는 것이었다. 나는 그 모습을 보고 이 교회 집단은 사이비 종교인가? 싶었다.

그런데 그 교장 선생님만 그런 것이 아니었다. 그 자리에 있던 대부분의 선생님들이 전부 입에서 요상한 소리를 내고 있었다. 사이비 종교. 정말 사이비 종교였다. 이 광경을 본 교회를 다니지 않는 사람들은 100%의 확률로 사이비 종교라고 생각이 들 것이다. 나는 그 지옥 같던 QT 시간이 끝나고 교무실로 들어와서는 그 작지 않은 충격에서 헤어 나올 수가 없을 정도였다.

이 일을 어떻게 해야 하나, 사이비 종교에 빠지면 나가는 것도 상당히 귀찮게 굴 텐데 말이다. 그런데 이들이 사이비 종교인들이라고 생각했던 내 생각은 틀리고야 말았다.

알고 보니 이 대안학교는 '대한예수교장로회'라는 우리나라 정식 기독교 단체에 속한 교회 단체였고, 이단 종교가 아니었다. 그리고 교장 선생님이나 다른 선생님들이 냈던 그 요상한 소리는 '방언기도'라고 했다. 하지만 그런 것을 알 리가 없었던 나에게 그 충격이 내 뒤통수를 강력하게 가격했다. 교회 다니는 사람들은 다 이런가? 하고 내가 모르는 세계에 점점 겁부터 나기 시작했다.

아무튼 그 충격적인 일이 끝나고 바로 입학식이 시작되었다. 입학식 또한 예배처럼 진행되었다. 앞에서 어떤 선생님의 리드하에 학생들이 건반, 기타, 드럼 등을 치면서 CCM이라는 찬양으로 시작된 입학식. 그 행사에서 또 기나긴 교장 선생님의 기도가 있었고, 그런데 잠시 후 이런 이상한 일은 또 있었다.

"이번에 아무개 선생님이 임신을 하셔서 그만두시게 되었고, 그 자리를 대신해서 새로운 선생님이 오셨습니다."

하면서 교장 선생님이 날 소개해 주었다. 나는 일어나서 학생들에게 간단히 자기소개하고는 인사말 끝에 이런 말을 했다.

"제 전임 선생님이셨던, 아무개 선생님께서 순산하시길 빕니다. 감사합니다."

교장 선생님이 나를 새로 온 선생님이라고 나를 소개하는 자리에서 나는 인사말 끝에 이런 말을 했던 것이다.

모든 행사가 끝나고 교무실에 앉아 있는데 갑자기 부장님이 날 불렀다. 부장님은 날 보고 웃으면서 기가 막힌 말씀을 하셨다.

"선생님. 앞으로는 '빕니다.' 하시지 말고 '기도합니다.'라고 하세요. 기독교인들은 빌지 않고 기도해야 합니다."

"네?? 아… 네…. 죄송합니다."

정말 어이가 없었다. 기독교인들은 빌면 안 된다니 말이다. 이 학교를 다니기 전에는 내 머릿속에 있던 단어 사전을 바꿔야 했다. '하느님'은 '하나님'으로, '빕니다.'는 '기도합니다.'로. 국어를 전공한 나로서는 정말 이해를 할 수 없는 상황이었지만 힘없는 나로서는 그저 알았다고 '지당합소이다.'만 외쳐야 했다. 도대체 내가 왜 죄송해야 하는가? 도저히 이해가 가질 않는 노릇이었다.

그리고 드디어 내가 맡은 고등학교 2학년 학생들이 있는 교실로 '담임'으로서 들어가게 되었다. 처음 아이들과 마주하는 자리, 그 첫 조회 시간에서 나는 무려 내가 진행하는 QT와 함께 담임으로서 대표 기도를 해야 했다.

떨렸다. 대안학교 선생님이라 내가 갖고 있는 국어를 가르치는 능력 이외에 기도하는 능력과 QT를 하는 능력을 동시에 갖춰야 한다는 사실이 말이다. 내가 어설프게 아는 척을 하며 아이들에게 거짓된 모습을 보여준다고 하더라도 태어나서부터 개신교인이었던 이 아이들의 눈에는 어설픈 나의 모습이 훤히 보일 것이다. 금세 들키고 말 것이다. 그래서 나는 처음부터 아이들에게 솔직해지기로 마음먹고 겨우겨우 입을 떼었다.

"너희들도 아는 사람은 알지…? 난 솔직히 교인이 된 지 얼마 되지 않았어. 너희들은 어려서부터 성경도 계속 읽어왔고 기도도 많이 했겠지만, 나는 오늘이 처음이야. 나름대로 준비했는데 어설프더라도 좋게 봐줬으면 해~"

아이들은 내가 생각하는 것보다 더 착했다. 사실 나는 엄마를 쫓아다니기도 했지만, 송파구에 있는 한 학원 강사로 일한 적이 있는데 그때 만났던 학생들보다 더 착한 아이들이었다.

"쌤~ 괜찮아요!! 처음엔 누구나 다 그래요~"

"하핫… 그래. 고마워. 자… QT 시작하자~"

그렇게 어설픈 QT를 했다. 7시 50분에 시작되는 QT는 교사들끼리의 QT이고, 지금 하는 QT는 학생들과 하는 QT였다. 나는 최대한 교사 QT에서 다른 사람이 했던 말을 인용해서 그 어설픈

QT와 기도를 마치게 되었다.

내가 그 요상한 학교에서 유일하게 버틸 수 있었던 것은 그 착한 아이들 덕분이었다. 아이들을 가르치는 것이 좋아서, 아이들과 함께하는 것이 좋아서 그 요상한 대안학교에서 하루하루를 그나마 즐겁게 버틸 수 있었다.

하지만 이 아이들의 대부분은 그저 착하기만 했다. 이 아이들의 대부분은 성취 수준이 현저히 낮았다. 그렇게 성취 수준이 낮은 아이들의 대부분은 이 학교에서 아주 어렸을 때부터 다니던 아이들이었다. 중간에 일반 학교를 자퇴하고 들어온 아이들은 그나마 그런 아이들보다는 높았지만, 어렸을 때부터 다니던 아이들은 성경과 신앙심은 무척이나 높았지만, 성취 수준은 낮은 그런 아이들이었다.

신앙심은 어떤가? 내가 맡은 2학년 반은 대략 좁아터진 교실에 대략 10명 정도의 학생이 있었는데, 그중 절반은 정말 신실한 신앙심을 가진 학생들이었다. 주로 여학생들이 그러했다. 그런데 나머지 절반 정도의 남학생 중에는 이제 갓 교인이 된 나의 눈에도 엄마가 또는 아빠가 시켜서 다니는 애들이 거의 전부였다.

내가 처음이라 기도도 잘못한다고 하지만, 이 아이들에게 기도를 시켜보면 나랑 별반 차이가 없었다. 아니, 나보다 더 못했다. 아니다. 더 정확히 말하자면 나보다 더 잘할 수 있는데 하기 싫어하고 귀찮아하는 모습이었다. 그저 엄마가 시키니까 교회를 나가고, 엄마가 시키니까 일반 학교에서 대안학교로 온 아이들이었다.

그런 모습을 갖춘 애들은 비단 우리 반뿐만이 아니었다. 그 학교에 다니고 있는 수많은 아이들은 부모의 강요에 의해서 졸업을 해도 학력 인정이 되지 않는 이 대안학교에 다니고 있었다.

여기 이곳 대안학교에 다니는 학생들은 학교 자체가 교육청 인증기관이 아니었기 때문에 이 학교에 다니는 아이들은 전부 검정고시를 패스해야 했다. 초등학교는 중·고등학교와는 같은 장소이지만 다른 사업체를 가진 학교였는데 그곳 또한 학력 인정이 되는지 안 되는지는 모르겠지만, 분명한 것은 중고등학교는 분명 학력 인정이 되지 않는 겉모습만 학교인 학교였다.

"그래서 아이들이 우리 학교에서 보는 시험이 자신들에게 소용없다는 걸 아니까 별로 신경 안 써요. 특히 고등부 애들은 학교 성적은 전혀 관심 없고, 오직 검정고시와 수능 준비만 하는 거예요."

"아…. 그래요?"

교무실에서 옆 동료 선생님이 내게 하는 소리다. 나는 그 소리를 듣고 문득 생각이 들었다. 아니, 그럴 거면 일반 학교를 다니지 수능 공부를 주로 할 거면 왜 대안학교를 다니지? 하는 생각이 들었다. 그래서 알고 보니까, 일반 학교에서는 신앙 교육을 하지 않으니 신앙이 높은 부모들이 아이들의 신앙을 위해서 일반교육을 포기하고 대안학교에 보낸다는 것이다.

그런데 참 모순적이게도 말로는 일반교육을 포기했다고 하면서 대학은 좋은 곳으로 가길 원하니, 학교에서 수능 교육을 빡세게 해주길 원한다는 것이다. 그래서 그 아이들의 교재는 《수능 특강》,《수능 완성》등 EBS 수능 교재로 진행됐다.

중등부 학생부터 이 학교의 모든 학생은 이곳 학교 기숙사에서 숙식해야 한다. 한 주 내내 학교 건물에서만 갇혀 지내다가 금요일 수업이 끝나고 나서야 집을 잠깐 다녀올 수 있는 것이다. 덕분에 아이들의 교육비는 입학금 500만 원을 내고도 한 달에 교육비와 기숙사비, 숙식비 등을 합쳐서 200만 원에 가까운 금액을 지불하며 학교를 다니는 것이다.

나는 교육학 전공자로서, 또 사람으로서 이 아이들이 너무나 불쌍했다. 한창 뛰어놀 나이에 운동장조차 없는 이곳에서 중·고등학교 내내 갇혀 지내야 한다는 사실이 말이다. 그래서 그런지 아주 가끔 학년 부장님의 허락을 얻어서 학교 앞 공원에 나가서 바람을 쐬자고 하면 아이들은 너무나 좋아했다.

하지만 밖에 나가는 것은 나에게도 그렇고 아이들에게도 그렇고 100% 즐겁기만 한 일은 아니다. 이따금 밖에 나가 놀기도 하지만, 더러는 작은 비닐봉지에 사탕과 성경 말씀이 적힌 종이가 들어 있는 전도 물품을 가지고 학생들이 직접 길거리로 나가서 지나가는 사람들에게 그걸 나누어 주면서

"하나님은 당신을 사랑하십니다."

하면서 전도해야 하니까 말이다.

처음엔 이런 것들이 너무나도 하기 싫었다. 난 분명 무당의 아들이고 이곳 대안학교는 그저 내 교육적 경험을 쌓기 위해 들어온 것뿐이었으니까 말이다. 그런데 알고 보니 그런 길거리 전도 활동

을 싫어하는 것은 나만 그런 것이 아니었다. 그렇게 믿음이 신실하다고 생각했던 여자애들도, 그러지 않아 보이는 남자애들도 자기 할당량을 대충대충 빨리빨리 사람들에게 나눠주고 남은 시간을 공원에서 놀기를 원했다.

그런데 그렇게 지내던 어느 날, 우연히 내가 DSLR 카메라로 사진을 잘 찍는다는 것을 알게 된 학교에서 예배나 이런 행사 중에 사진을 찍어달라는 임무가 생겼다.

처음엔 내 그런 재능을 쓸 수 있다는 생각으로 시작한 그 찍사 활동이었는데, 생각해 보니 내가 사진을 찍는다는 핑계로 저들 속에서 손을 하늘로 뻗어서 미친 사람처럼 기도하지 않아도 되겠다는 생각이 들었다.

"아…. 그럼 이번에도 사진은 제가 찍을게요."

"그래 줄래요?"

늘 한 달에 한 번씩 하는 '페어런츠 데이'에 내가 스스로 나서서 찍사를 자청했고, 나는 안 찍어도 되는 장면, 찍어야 하는 장면 가리지 않고 열심히 찍어댔다. 그렇게 하면 내가 저들처럼 미친 짓거리를 하지 않아도 되니까 말이다.

이 학교에서 일하게 된 지 한 달 정도가 지났을 무렵, 이 학교에서 무려 월급을 127만 원을 받으면서 근무를 해야 하는 시간은 아침 7시 50분부터 오후 5시까지 정규 수업을 마친다. 그리고 오후 6시 정도까지 무려 개인 지출 저녁 식사 시간을 갖고, 6시부터 방과 후 시간을 갖는다. 그리고 저녁 8시가 되면 매일같이 예배해야 한다는 사실이다.

그런데 절대 이런 교회에 빠지지 않을 것 같던 무당 아들인 내게 이상한 일이 벌어졌다. 점점 마음속에서 '예배가 즐겁다.'라는 생각이 살짝씩 들기 시작한 것이다.

"보혈을 지나~~ 하나님 품으로~~"

이렇게 늘 학교에서 학생들과 예배할 적에는 예배 시작 전에 2~3명의 리드하는 교사와 학생 밴드가 앞에 나가서 CCM이라는 것을 부르면서 찬양을 한다.

나는 어느 날부터인가 그 CCM에 푹 빠져버렸던 것이다. 음악을 좋아하는 나는 그 CCM 노래를 듣고 그 노래의 멜로디가 너무 좋아서 같이 따라부르기 시작했다.

tvN 방송국의 〈슬기로운 감빵생활〉이라는 드라마를 보면 교인들이 교도소에 와서 죄수들과 같이 CCM을 부르는데 그것이 정말 인기가 많다. 같이 노래를 부르면서 소리를 지르면 쌓였던 스트레스도 날아가고 마치 자유로워지는 느낌이 들어서 그랬을 것이다.

하지만 그때 나는 그것이 노래의 힘이라는 사실도 모르고, 주위 선생님들이 하는 말처럼 '성령님'께서 내게 축복을 주셔서 은혜로워지는 줄 알았다.

그때부터인가 갑자기 예배가 기다려지기도 했고, 예배가 좋아지기도 했다. 내게 점점 암흑이 드리워지고 있는 줄도 모른 채 말이다.

엄마, 하나님은 있어?

그때 나는 대안학교를 다니며 시간이 없는 와중에도 한국어 교사 자격증을 따려고 공부하고 있었다. 그러던 중 실습을 나가야 하는 때가 와서 영등포까지 다니며 공부했다. 거기서 웃는 모습이 참 예쁜 여자가 있었는데 나보다 무려 4살이나 많은 여자였고 같은 조였다.

같은 조를 하면서 그녀와 친해지게 되었고, 어느 날 내가 먼저 고백을 해서 같이 사귀기로 한 것이다. 그런데 무당의 아들이었던 내게는 만나지 말았어야 할 사람이었다. 무려 배 속에서부터 크리스천의 운명을 가지고 태어난 여인, 그 여인이 바로 그러했다.

지금에 와서 생각해 보니, 그녀가 내 고백을 받아준 많은 이유

중에 하나가 바로 내가 바로 교회에 다니고 있어서 호감을 얻은 것이 아닌가 싶었다. 그렇게 그녀와 사귀다가 나 역시 숨길 이유가 없어서 내 어머니는 무당이라고 밝혔고, 그녀 역시 겉으로는 괜찮은 척했지마는 속으로는 언젠가는 헤어질 수 있겠구나 하는 생각이 들었을 것이다.

나는 오피스텔에 혼자 살면서 대략 2주에 한 번씩은 중화동으로 왔다 갔다를 했다. 그러던 어느 날, 엄마가 날 불러 앉혀놓고 웃으면서 날 떠보듯 말했다.

"너…. 빠졌지??"

엄마의 그 단 한마디에 나는 아주 잠깐 온몸이 얼어붙은 듯했다. 그 한마디가 무얼 의미하여 물어보는 말인지 알았기 때문이고, 나 역시 한참이나 예배가 좋다고 느껴지고 있는 중의 상태였기 때문이다. 그 순간 엄마에게 무언가 잘못된 것을 들킨 사람처럼 가슴이 콩닥거렸다. 나는 엄마에게 애써서 안 그런척하고 말했다.

"뭐가?"

"너… 교회에 빠졌다고. 동자가 그러던데?"

"아… 아냐. 무슨. 빠지긴 누가 빠져. 틀렸어."

나는 그렇게 대충 얼버무리고 말았다.

그리고 다음 2주 후, 나는 문득 하나님은 정말 있는 신인가? 하고 궁금해졌다. 그리고 교장 선생님이나 다른 선생님들이 했던 그 요상한 방언기도라는 것이 정말 자기가 일부러 내는 소리가 아니라 저절로 그렇게 나오는 소리라면, 무속인의 관점에서 평가했을 때에는 그 현상은 바로 빙의 현상에 속하는 것이다. 사람은 누구에게나 신가물(신의 기운)이 있는데, 그 정도의 차이에 의해서 신내림을 받고 말고를 결정하는 것이랬다. 그래서 그렇게 자기도 모르게 방언기도를 하는 사람들은 빙의 현상, 즉 귀신에 의해서 자기도 모르게 주저리주저리 하는 것이라고 생각이 들었다. 나는 사실상 무당의 아들로서 그런 것을 확신했다. 그래서 또다시 2주가 지나고 중화동에 갔을 때 엄마에게 물어봤다.

"엄마, 정말 하나님은 있어?"

그러자 엄마는 두 번 생각도 안 하고 말했다.

"응. 있지."

"저… 정말??"

"그래. 있어. 내가 무당으로 봤을 때는 있어."

무당인 엄마의 입에서 하나님의 존재를 인정하는 말이 나왔다. 난 사실 엄마의 입에서 그런 말이 나올 줄은 꿈에도 몰랐다. 그런데 엄마가 그 이후로 뒤이어 하는 말이 더욱 충격이었다.

"혹시나 다닐 거면, 천주교로 가라. 천주교는 괜찮아. 다녀도."

"엥? 천주교? 왜?"

"천주교는 제사 지내는 것을 허락해 주거든."

그렇다. 개신교와 천주교의 가장 큰 차이 중의 하나는 개신교는 절대로 한국의 제사 문화를 인정해 주지 않지만, 천주교는 제사 문화를 우상숭배로 생각하지 않고 인정해 준다는 것에 있었다.

예전에 엄마의 입에서 들은 말로는 엄마도 한때는 교회를 다닌

적이 있었다고 했다. 그건 바로 우리 친할머니 때문이었는데, 예전에 할머니가 신병으로 정신이 오락가락한 적이 있었다고 했다. 그 정도가 매우 심해서 한번은 팬티 바람으로 온 동네를 돌아다닌 적이 있었을 만큼 말이다. 그러던 도중에 할머니가 그러한 자신의 신병을 고치기 위해서 교회를 나가기 시작했고, 더불어 며느리였던 엄마도 같이 교회에 나갔다는 것이다. 그때 지금도 하는지는 모르겠지만 각기 신자의 집에서 예배를 보는 구역예배라는 것도 해보고 그랬다는 것이다.

하지만 지금의 엄마는 무당이다. 그것도 무당 중에서도 대한민국에서 다섯 손가락 안에 꼽는 5대 무당 중 하나라고 자부할 만큼 큰 만신이다. 나는 그런 엄마의 입에서 도대체 갑자기 왜 그런 소리를 하는지, 그 의도를 정말 이해할 수가 없었다. 천주교는 괜찮다니? 천주교는 다녀도 된다니? 내가 알기론 천주교나 개신교나 둘 다 똑같이 주님을 찾으며 예수님을 찾는 종교이고 무당인 엄마의 입에서 나올 소리가 아닌데도 말이다.

그런데 그때 이후로 엄마는 나와 대화를 하면, 참 이상한 소리를 많이 해댔다. 마치 무언가를 숨기고 있는 사람이나 아니면 무언가를 알고 있는 사람처럼 말이다.

"스~~~읍!! 내가 올해만 잘 넘어가면 장수할 텐데 말이야."

"그게 무슨 말이야?"

"엄마가 올해 57살이거든? 엄마 사주에 57살만 잘~ 넘기면 오래 살거든."

기가 막혔다. 아주 옛날이었으면 몰라도 요즘 57살이면 아주 젊은 사람에 속하는데 그 나이에 벌써 저런 소리를 한다니 말이다. 나는 콧방귀를 끼면서 말했다.

"에휴 됐어요! 죽는 것도 아무나 죽나? 그나저나 올겨울에는 꼭 나랑 일본에 온천여행 가는 거야! 미리 말했어! 바쁘다는 핑계는 이제 안 통해요!"

엄마는 사실 몇 년 전부터 우울증을 앓고 있었다. 엄마는 폐경이 일찍 온 편이라고 했는데 그 망할 놈의 갱년기 증상 때문에 몇 년째 수면제의 도움 없이는 잠을 못 이룰 만큼 심했고, 나는 그런 엄마의 갱년기에, 우울증에 조금이라도 도움이 될까 싶어서 여행을 계획하고 있었다.

게다가 새아버지와 같이 부부의 연을 맺은 지도 거의 10년이 다 되어가고 있는데, 새아버지와 사이가 많이 안 좋은 것이다. 무당과 악사의 관계이다 보니 서로의 영역에는 터치를 하지 않는데, 부부간에 신경을 안 써도 너무 안 쓰는 사이가 될 정도였기 때문이다. 그저 10년 가까이 됐으니 인간 대 인간으로서 정으로 살고 있는 상태였다.

거기에 최근에는 엄마와 새아버지가 자주 싸워댔는데, 그렇게 싸우는 이유가 바로 새아버지가 바람이 났다는 엄마의 근거 없는 추측 때문이었다. 내가 봤을 때는 새아버지는 엄마보다 7살이나 많은데 그 나이에 무슨 바람이겠나? 싶었고, 새로운 여자를 만나 잠자리를 갖더라도 무척이나 힘이 들 나이라고 생각되어서 말도 안 된다고 생각을 했다. 그래서 나는 항상 새아버지 편을 들어 오히려 엄마를 야단쳤다.

"에휴!! 그만 좀 하라니까! 엄마! 바람은 무슨 바람이야! 그 나이에…. 솔직히 서지도 않겠다!!"

난 엄마와 이런 대화조차도 서슴없이 하는 사이다. 엄마도 날 뱄을 때부터 담배를 피웠지만, 나도 군대를 제대하고 엄마가 황씨 아저씨와 헤어졌을 때부터 엄마 앞에서 맞담배를 피우며, 나도 엄마도 서로에게 숨기지 않고 인생 상담을 하는 그런 사이였다.

내가 그렇게 대놓고 말하자, 엄마는 더 이상 대꾸를 하지는 않았지만 내 의견에 쉽게 수긍하지는 않을 모양이었다. 게다가 그 새아버지에게는 잘난 딸 2명과 아들 한 명이 있었는데, 아들은 엄마와 나와 매우 가깝게 지내며 엄마를 엄마라고 부르며 살갑게 대하는데, 딸들은 엄마를 사람 취급도 안 하는 태도여서, 나도 걔네들을 인간 취급도 하지 않았다. 그저 자기 아버지의 등골이나 빼먹는 그런 철없는 계집년들이라고 욕을 해댔다.

엄마의 그 의심병은 더욱 높아져서 별장에 있는 이웃 아줌마에게도 그 화가 미쳤다. 그 이웃 아줌마와 새아버지가 바람이 났다고 난리가 난 것이었다. 내가 엄마의 아들이지만 내가 보기엔 우리 엄마가 해도 해도 너무한 것으로 보여서 나는 연신 새아버지 편을 들며 엄마만을 나무랐다.

*

　나의 학교생활은 날이 가면 갈수록 너무 힘이 들었다. 쉬는 날이라고는 토요일, 일요일인데 게다가 토요일에 페어런츠 데이라는 행사라도 할라치면 어김없이 학교에 나가야 했고, 일요일은 주일이라고 학교 교회에 또 나가야 했다.
　그뿐인가? 월급 127만 원 중에서 기본적으로 주일 헌금이 들어가고, 배 속에서부터 크리스천이었던 내 새로운 여자친구도 처음 들어본다고 했던 '오병이어 헌금'을 내야 했다. 물론 강요는 아니었지만, 사회생활이란 것이 다 그런 것 아니겠는가? 다른 선생님들 다 내는데 나만 내지 않을 수는 없었다.
　내가 내는 헌금 중에 가장 큰 것은 바로 십일조였다. 십일조는 내가 얻은 수익의 10%를 헌금으로 내야 한다는 것인데, 월 127만 원이라는 열정페이를 받고서 거기에 10%인 12만 7천 원을 십일조 헌금으로 내야 하는 것이다. 물론 이것도 강요는 하지 않았다. 강요는….
　내가 학교에 다니면서 가장 힘든 것은 또 있었다. 매일 아침 우리 반 조회 시간이면 해야 하는 QT였다. 그리고 우리 반에서 하루를 시작하는 기도를 해야 한다는 것이었다. 처음엔 기도를 어떻게 하는 것인지조차 몰라서 대충 인터넷으로 검색해서 남들이 하는 말을 종이에 적어 이것저것 짜깁기해서 수첩에 적어놓고 조회 시간에 보고 읽었다.

그런데 QT 같은 경우는 인터넷 검색으로 되지 않는 것이었다. 성경이란 것이 도대체 옛날에나 쓰는 단어들로 구성되어 있어서 내가 대학 시절 때 하지도 않았던 단어 번역을 거기서 하고 있는 것이다. 그래서 늘 퇴근하면 저녁을 먹을 시간조차 없이 내일 수업 준비에, QT 준비, 그리고 기도문 준비로 바빴다.

"자기…. 나 궁금한 게 있어…."

그렇게 준비를 하다가 막힐 때면 여자친구에게 전화를 해서 성경에 대해서 물어봤다. 그녀는 내가 자기에게 성경에 대해, 예수님 말씀에 관해 이야기하고 자신과 토론하는 것을 매우 좋아했다. 내가 매일같이 성경을 읽고 분석하고 기도 연습을 하고 그러니까 그녀는 날이 가면 갈수록 나를 더욱 좋아하게 되었다. 아니, 그렇게 느껴졌다.

"자기야. 나 말했잖아. 나 여기 대안학교 다니면서 겨우 127만 원 벌어…. 그래도 괜찮아?"

내가 이렇게 말하면 그녀는 항상 내게 웃으면서 말했다.

"그까짓 돈이 뭐가 중요해! 하나님 말씀 안에서 사는 게 훨씬 더 중요한 거야. 다른 것은 주님이 알아서 해주실 거야."

그녀는 교회에 다니면서 주일이 되면 예배가 시작되기 약 30분 전 정도부터 앞에서 CCM을 부르는 청년부였다. 그리고 매일같이 저녁에 내가 사는 오피스텔로 와서 내일의 QT를 같이 준비해 주고, 기도를 같이했다.

"나는 꿈이 있었어."

"꿈?? 무슨 꿈?"

"난 결혼을 하면 집에서 남편이랑 가정예배를 하는 것이 꿈이야."

정말 그녀는 온종일 주님으로 시작해서 주님으로 끝을 맺는 절실한 신앙인이었다. 나는 그런 그녀를 보면서 마냥 좋아서 웃을 수는 없었다. 만약 그녀와 결혼하면 그녀와 나 사이에서 벌어지는 종교적인 문제는 어찌 어찌해서 넘길 수 있다고 쳐도, 혹시 2세가 태어나면 문제가 생길 것 같았다.

아빠는 제사상에 손주로서 절을 하라고 가르치고, 엄마는 크리스천으로서 절을 절대 하면 안 된다고 가르칠 것이 뻔했고, 그런 문제로 날이면 날마다 싸울 것이 뻔했다. 사실, 나는 그녀와 사귀면서 종래에는 그녀와 절대 맺어질 수 없는 인연이라는 사실을 알고 있었다.

내가 월 127만 원이라는 열정페이를 받으면서까지 이 대안학교를 끝까지 다니고 있는 이유는 딱 한 가지였다. 바로 학생들. 우리 반 학생들이 이유였다. 사실, 이 학교에 들어가서부터 눈을 뜨고 보니까 교육청에 인증된 학교도 아니라서, 이 학교에서 아무리 몇 년간 경력을 쌓는다고 하여도 내 이력서에 전혀 도움이 되지 않는 경력이라는 사실을 일찌감치 깨달았다. 그런데 오로지 아이들, 정말 착한 우리 반 아이들 때문에 그만둘 수가 없었다.

그래서 나는 항상 콘크리트 건물에 갇혀서 지내는 이 아이들을 위해서 고등학교 2학년이라는 핑계로, 한 번은 우리 가족의 별장으로 데리고 가서 고기 파티를, 또 한 번은 강원도 속초로 데리고 가는 수학여행을 다녀오기까지 했다.
 나는 이 착한 아이들 때문에 이 학교에 다니고 있었다. 그런데 점점 날이 가면 갈수록 학교도 이상해지고 교장 선생님은 더더욱 이상해지고 있다는 사실이 나를 괴롭히고 있었다.

1씨 3배
난봉꾼

우리 가족이 이태원에 살 때, 엄마의 신당을 부수었던 삼촌네 이야기를 해볼까 한다. 2006년 7월, 외할머니가 폐암으로 돌아가시고 몇 년 지나지 않아서 제일 큰 외삼촌이 지내던 제사를 셋째 삼촌이 떠안게 된 사건이 있었다.

첫째 외삼촌은 이미 연로한 상태에다 그 댁 가정 형편이 제사를 지낼 형편이 아닌 데다가 숙모마저 헤어지게 되어서 제사를 지낼 형편이 아니었다. 그렇다면 둘째를 놔두고 왜 셋째로 가게 되었냐? 둘째 삼촌네는 삼촌을 제외한 모든 가족이 개신교 사람들이었다. 그래서 제사 따위를 할 리가 없던 것이다.

그래서 결국 제사를 셋째 삼촌이 가져가게 되었다. 물론 그렇게 가져가게 되기까지 말이 참 많았다. 셋째 삼촌 입장에서는 본인이 장남도 아니고, 차남도 아닌 셋째 아들인데 왜 가져가야 하느냐고 난리도 아니었다. 그래서 결국에는 엄마가 나서서 평생 제사 비용은 본인이 대겠다는 굳은 약속이 있고 나서야 수락을 한 것이다.

정말로 엄마는 셋째 삼촌이 제사를 모셔갔을 때부터 명절이면 명절, 제사 때는 무려 100만 원 이상씩 보냈다.

그런데 내가 보는 외갓집 형제들은 너무 형편이 없었다. 그렇게 명절, 제삿날이 오면 모여서 어김없이 서로 헐뜯고 싸우기 바쁜 형제들이었다. 나는 아주 어려서부터 그런 모습을 쭉 봐왔기 때문에, 외삼촌들이라고 하지마는 그들을 내 인생에서 그다지 중요한 사람으로 두지 않았고, 전혀 왕래나 소통을 하지 않았다.

그건 나뿐만이 아니었다. 간혹 엄마가 원해서 제삿날에 셋째 삼촌네로 가게 되면 난 그들에게 외할아버지, 외할머니의 외손자 그 이상도 그 이하도 아니었다. 그저 그런 관심 없는 외조카. 그것이었다.

그날도 외할머니의 제삿날이라 엄마를 모시고 셋째 삼촌네로 들어갔다. 그런데 또 얼마 지나지 않아서 어김없이 그들은 서로 싸워대고 있었다. 나는 그 꼴이 보기 싫어서 작은 방에 콕! 하고 처박혀서 있었는데, 이번에는 밖에서 들리는 싸움 소리가 심상치 않았다. 자세히 들어보니 형제들의 큰 소리 사이에 엄마의 목소리도 함께 섞여서 나는 것이다.

나는 엄마의 목소리가 들려 밖으로 나왔더니 엄마와 삼촌들과 싸우고 있었다. 나는 엄마 뒤에서 팔짱을 끼고 상황을 지켜봤다. 그런데 서로서로 싸워대다가 엄마와 막내 삼촌인 혁이 삼촌과 싸움이 붙은 것이다.

나는 어른들의 일이라 중간에 껴들기가 어려워서 가만히 지켜보고만 있는데, 혁이 삼촌이 엄마에게 도가 넘는 막말을 하고 있는 것이다. 나는 가만히 듣고만 있다가 버틸 수 없어서 중간에 껴들고 말았다.

"너 이 새끼 어른들 일에 건방지게 껴들고 있어?"

"삼촌!! 삼촌도 누나한테 건방지게 구는데 아들이 왜 못 껴들어요?"

"뭐!?? 이 개새끼가 정말!!"

그렇게 엄마와 혁이 삼촌 사이의 싸움이 혁이 삼촌과 내 싸움으로 번졌다. 엄마는 흥분한 나를 말렸다. 엄마도 알고 있다. 내가 한번 흥분하면 어찌 되는지를 말이다. 나는 삼촌의 얼굴에 내 얼굴을 바짝 들이밀고 악다구니를 쳐댔다. 삼촌도 내 악다구니를 듣고는 표정이 정말 질려하는 표정으로 바뀌었다. 그리고 그에게 말했다.

"하~ 정말 내 인생에서 정말 정말 정말로 도움이 안 되는 인간이야 당신은!!"

"뭐? 당신??"

"그래!! 당신!! 이 가정 파탄자 새끼야!!"

그 순간 삼촌의 손이 내 얼굴로 날아왔다. 나 역시 삼촌에게 맞고, 솔직히 힘으로 하면 그깟 인간쯤은 밟아버릴 수 있었다. 그런데 엄마도 계속해서 날 말렸고, 그리고 다른 어른도 있어서 겨우 겨우 참았다. 그런데 그 혁이 삼촌이 내 가슴을 후벼 파는 말을 내뱉고 말아버렸다.

"야!! 그럼! 네 애비가 바람을 피우는데 가만히 있어야 한다는 거냐? 잘못은 네 애비가 했지 내가 했냐? 이 등신 새끼야!!"

"뭐요? 당신이 재팬 라이픈지 뭔지 꼬드기지만 않았어도 우리 가정은 평화로울 수 있었어!! 그걸 알고나 있긴 한 거야? 적반하장도 유분수가 있는 거지."

그러면서 내가 또 폭발하려고 하자, 옆에서 엄마가 안 되겠던지 날 끌고 밖으로 나가버렸다. 나는 엄마에게 끌려 나가면서 마지막 일격을 가했다.

"하!!! 참 내. 지는 3명 배때기에서 자식 3명이나 낳은 난봉꾼이면서 씨발."

그랬다. 그 혁이 삼촌에게는 아들 2명과 딸 한 명이 있는데 첫째 아들은 첫 번째 부인에게서, 딸은 두 번째 마누라에게서, 마지막 막내아들은 세 번째 마누라에게서 낳은, 씨는 같지만 서로 엄마가 다른 자식들을 낳은 것이다. 게다가 애를 낳지 않고 삼촌을 거쳐 간 여자까지 총 7명이었다.

내가 그런 소리를 하자 혁이 삼촌은 분통을 터뜨리고 날 죽일 듯이 소리를 질러댔다. 그렇게 나와 엄마는 혁이 삼촌네와 척지게 되었다.

집에 돌아온 나는 몇 날 며칠을 도저히 분을 가라앉힐 수 없었다. 어떻게 하면 혁이 삼촌에게 빅 엿을 선사할 수 있을까? 하고 생각하다가 문득 드는 생각이 있었다.

그건 바로 혁이 삼촌의 막내아들인 세 번째 부인이 그때 당시 H해상 보험회사 지점장이었는데, 그때 당시에는 친한 지인 간의 보험 계약은 전화 통화를 하면서 보험 딜러가 대신 사인을 하기도 하는 관례가 있었던 시절이었다. 그런데 엄마가 그 숙모에게 그렇게 보험을 여러 개를 든 것이다.

문득 생각난 것은 바로 그것이었다. 나는 그 길로 바로 금융감독원에 신고했다. 고객의 사인 없이 보험 가입을 해놓고 불법으로 돈을 빼 가더라고 말이다. 그렇게 신고를 하고 나서 들리는 소문에 의하면 그 숙모가 운영하는 지점은 엄청난 징계와 벌금을 물게 되었고 문까지 닫게 되는 지경에 이르렀다는 소식을 들었다. 그뿐인가? 그 사건이 그 회사에 대대적으로 알려지게 되어서, 그다음부터의 계약은 반드시 고객의 손으로 사인하도록 바뀌었고, 본사로부터 고객에게 가입 및 본인 사인의 확인 전화가 오도록 시스템이 바뀐 것이다.

셋째 삼촌네와 나와는 별로 친하지 않았다. 오히려 셋째 삼촌의 아들과 더욱 친했다. 엄마는 자신의 신당을 망치로 묵사발로 만든 그런 사람을 자기 형제라고 용서를 해주고 친하게 지냈다.

그런데 제3자인 내가 봤을 때는 엄마에겐 미안하지만, 엄마의 형제들은 하나같이 전부 엄마가 돈을 잘 버는 무당이니까 엄마의 옆에서 뭐라도 빼먹을 것이 있나 하고 들러붙어 있는 사람들이라고 생각했다. 그런데 엄마는 오히려 너무 잘해주었고, 잘해주는 것도 도가 넘었다. 내가 대안학교에 다닐 무렵 초부터 엄마는 이상하게 그 창한이 형의 내외를 마치 내 친형처럼 대해주기 시작한 것이다.

나조차도 느낀 그들의 인간성을 엄마가 모를 리는 없었을 것이다. 그건 아마도 그래도 엄마의 형제이니까, 그리고 형을 친아들처럼 잘 대해준 이유는 이씨 집안의 제사를 셋째 삼촌에 이어서 그 형이(제사를) 잘 지내라는 뜻이 있었고, 또 형도 나도 외아들이니 우리 둘이 서로 친형제처럼 지내라는 뜻도 있었다.

형네 내외는 결혼한 지도 꽤나 됐는데, 둘 사이에서 아이가 없었다. 그래서 엄마는 자기 아들도 아닌데 엄마가 나서기 시작했다. 정작 시어머니인 숙모조차도 가만히 있는데 말이다.

지난날 엄마가 방송하면서 A라는 유명 한의사와 친해지게 되었는데, 그분께 그 내외를 데리고 가서 한약을 100만 원어치나 사주기도 했다. 그 덕분인지 얼마 안 가서 그 형 내외에게 2세 임신 소식이 들려오기도 했다.

엄마의 그 이상한 베풂은 끝이 없었다. 당시 형이 허름한 차를 타고 다니는 것을 안타깝게 보고는, 형에게 덜커덕 최신 SUV 차량을 사준 것이다.

"창한아 내가 이렇게 해주는 이유는 알지? 재성이하고 친형제처럼 지내. 네가 형이니까 재성이 잘 보살펴 주라는 뜻이야. 알지?"

"알죠. 걱정하지 마세요. 고마워요. 고모."

나는 그때까지만 해도 형이 나중에 이씨 집안의 제사를 책임져야 하니까 그때를 대비해서 잘해주는 것이라고만 생각했다.

*

"쌤…. 저 상담 좀 해주시겠어요?"
내게 상담을 청해온 사람은 우리 반 어떤 여학생이었다. 아마도 내게 오기까지 꽤나 고민을 많이 한 것 같았다.
"그래. 좋아. 조용한 곳으로 가자."
그 학생을 데리고 조용한 곳으로 들어가자 그 여학생은 내게 조심스럽게 입을 열었다.
"쌤, 저 요즘 가위가 너무 자주 눌려요."
"음…. 그래?"
"네. 잠을 못 잘 정도로요…."
그러면서 내게 눈물까지 흘리면서 자신의 상태를 내게 털어놓았다. 나는 순간 크리스천인 이 아이에게 무엇을 어떻게 말해줘야 하나 고민에 빠졌다. 아마 크리스천이 아니었다면 엄마에게 들은 무속적인 비방이라도 알려주었을 것이다. 그런데 나이도 어린, 크리스천인 이 아이에게 그런 소리 따위는 아무런 소용이 없을 것이다.
"음…. 선생님 생각에는…. 그 해결법을 네가 가장 잘 알고 있는 것 같은데?"
"네?"

나는 사실 성경을 많이 읽어본 것도 아니고, 생각난 것이라고는 성경의 한 구절뿐이었다.

"성경에서 예수님이 가르쳐 준 그 무적의 기도 말야. 가위 따위는 사실 알고 보면 아무것도 아냐. 그런데 네 옆에는 항상 주님이 계시잖아. 왜 이렇게 힘든 때에 주님을 찾지 않아? 담에 또 가위에 눌리면 예수님이 가르쳐 준 그 기도를 해."

사실 내가 해준 말이 이 여학생에게 얼마나 도움이 될지는 나도 모르겠다. 그리고 그 주기도문이 정말 효험이 있을지 없을지는….

그런데 내가 다니는 대안학교는 점점 날이 가면 갈수록 이상해져 가고 있었다. 그때부터인가 내 마음속에서 점점 날이 가면 갈수록 학교로부터 정이 뚝뚝 떨어져만 갔다.

때는 2016년 국회의원 선거가 있을 때였다. 교장 선생님은 한 달에 한 번 있는 페어런츠 데이 때 학부모들을 모아놓고, 단상에서 설교를 하면서 흥분한 상태로 이상한 이야기를 하기 시작했다.

"이번 선거 며칠이 남지 않았습니다. 우리나라가 발전되려면 온전히 하나님께 맡겨야 합니다. 이 나라가!! 바로 하나님의 나라가 되어야 합니다!! 그런데 어떻습니까? 지금 국회에는 사탄이 너무 많습니다. 우리가 우리나라를 하나님 나라를 만들기 위해서는 국회를 크리스천이 이끌어 가야 합니다!!"

이러면서 그 교장 선생님은 학부모에게 이번 국회의원 선거에서 기독당을 찍을 것을 강요했다. 기독당을 찍어야 기독교인들이 국회에 입성하고, 나중엔 국회 구성원 전부를 기독교인으로 만들어야 한다고 열을 올려 피를 토해냈다.

난 사실 그 예배에 참여하지 않으려 찍사를 하면서 사진이나 찍고 있었는데, 그 소리를 듣고 정말 어이가 없어서 벙쪄 있었다. 나는 앞에서 설교를 하고 있는 교장 선생님의 그 말을 듣고 사진을 찍다 말고 어안이 벙벙해서 멍하니 쳐다만 보고 있었다.

과연 저 교장 선생님이 정말로 진심으로 하는 소린가? 정말인가? 저게 진심인가? 하고 내 속으로 물어보고 또 물어봤다. 그런데 그 교장 선생님의 하는 저 말은 정말이었다. 그 말이 진심이라는 것을 알게 되기까지 얼마 걸리지 않아서 알 수 있게 되었다.

"이번에 A 국회의원님이 지원해 주셔서 국회에서 예배하게 되었습니다."

내게 찾아온
방언기도

　내가 초등학교 시절부터 가끔 아빠가 내가 다니는 학교 근처로 찾아와서 보고 가곤 했던 시절이 있었다. 사실, 이제 와서 하는 말이지만 아빠가 찾아와서 오랜만에 아빠를 볼 수 있다는 것 자체가 좋기도 했지만 아빠가 오면 다만 몇만 원씩이라도 용돈을 주니까 그게 좋기도 했었다.

　그러다가 중학교에 진학을 하고 나서는 엄마가 아빠한테 잠깐씩 다녀오고 싶으면 다녀와도 된다는 말에 명절이면 한 번씩 할머니가 살고 있는 인천 구월동 모래내 시장으로 다녀오곤 했다. 그런데 그럴 때면 엄마는 항상 내 손에 돈 봉투를 쥐여주고 보냈더랬다.

그렇게 다니다가 성인이 되고 나서는 그 망할 큰고모 년과 대판 싸우게 되었고 그 싸움에 이어서 할머니하고도 싸우게 된 사건이 있었다. 그때 난 내가 어렸을 적에 할머니가 나한테 어떻게 했는지 뻔히 들었던 이야기들이 있었기 때문에 흥분한 상태에서 할머니한테 이렇게 이야기했다.

"할머니! 내가 태어나고 솔직히 좋아하긴 한 적 있어요??"

할머니는 내가 그렇게 대놓고 말하자 적잖이 놀라신 표정이었다. 그 표정에서 할머니가 내게 한 만행이 어느 정도는 사실이겠거니 생각되었다. 사실 나로서는 어떤 말이 진실이었는지는 알 수 없었다. 정말 할머니가 갓난아이였던 나를 들고 뜨거운 물을 부어 버리려고 했던 것이 맞는지, 아니면 지금의 할머니가 나한테 하는 것처럼 다른 손주들을 귀여워하고 예뻐해 주듯 하는 저 행동이 진실된 행동인지는 나로서는 구분할 재간이 없었지만, 방금 그 표정에서 어쭙잖게 지레짐작할 수 있었다.

그게 진실이든 아니든 이제 와서 무슨 소용이 있을까? 하지만 분명한 것은 지금 나는 엄마 손에서 키워졌고, 엄마가 조금 과장되게 표현을 했다고 하더라도 엄마가 아닌 다른 사람, 즉 외할머니나 이런 분들이 내게 해준 말도 있었으니 100% 거짓말은 아닐 것이라고 생각한다.

이혼을 한 지도 십여 년이 지난 지금, 엄마와 아빠네의 갈등은 심화되었다. 엄마가 처음으로 무당으로서, 한 여인으로서, 한 엄마로서 방송에 출연 결심을 하고 처음 찍었던 〈대찬 인생〉이라는 프로그램. 그 프로그램이 화근이었다. 엄마는 그 프로그램에서 아빠를 파렴치한 성폭행범으로 만들었다. 내가 객관적으로 놓고 봐도 그 프로그램을 본 사람들은 아빠를 전부 성폭행범으로 생각할 것 같았다.

나는 엄마가 녹화하는 내내 그 생각에 머리가 복잡했다. 그리고 마침 방송을 타고나서 곧바로 아빠한테 전화가 왔다.

"뭐가 거짓말인데!! 네가 날 납치했잖아!! 난 있는 그대로 말했어!! 도대체 뭐가 거짓말이라는 거야?"

하고 엄마와 아빠가 전화 통화로 엄청난 싸움을 벌인 것이다. 나는 그런 통화를 하는 엄마를 옆에서 보고 머리를 부여잡았다. 이 일을 어떻게 해결해야 하나, 나는 정말 머리가 깨질 것 같았다. 그러고 아니나 다를까 엄마와 통화를 마치고 나서 곧바로 나한테로 전화가 왔다.

- 너희 엄마한테 전해!! 내가 고발할 거야!!

그 짧은 순간에 난 선택의 기로에 섰다. 여기서 엄마의 편을 들까? 아빠를 위로해야 하나? 그런데 여전히 내 마음속에서는 아빠는 다른 여자에게 미쳐서 날 버린 사람이고, 50살이 넘어서도 돈이 없어서 빌빌거리고 사는 능력 없고 한심한 사람이었다.

"왜 나한테 그러는데!! 내가 그랬어? 엄마랑 아빠랑 둘이서 해결해!! 왜 나한테 그러냐고!!"

- 야! 네 엄마 말대로 하면 넌 어떻게 되는 줄 알아? 넌 강간해서 낳은 아들이 되는 거야!!

난 아직도 그 말이 내 뇌리에 콱! 박혀서 지워지지 않는다. 아무리 그래도 자기 아들한테 할 소리는 아니라고 판단했다. 그 소리를 듣고 나도 열받아서 차마 욕은 못 했지만, 아빠에게 한껏 퍼부어 대고 전화를 끊었다.

내 선택은 어렸을 때나 성인이 된 때나 엄마였다. 엄마의 말이 진실이든 아니든 중요하지 않았다. 어차피 그건 엄마가 선택한 인생일 뿐, 내가 아들이라고 해서 대신 감당해 줄 수도 없는 노릇이거니와 그럴 생각도 전혀 없었다. 이건 내가 초등학교 5학년 때 엄마가 내게 무당이 되어야 한다고 말을 했을 때도 똑같이 생각했던 것이다.

더군다나 우리 아빠는 너무나 능력이 없었다. 몇 년 전, 개인택시를 하고 싶은데 돈 3천만 원이 없어서 이혼한 전 와이프에게 돈 좀 해주면 안 되겠냐고 구걸했던 사람이었으니까 말이다.

그래서 그건 진실이어도 진실이어야 하며 거짓이어도 진실이어야 한다. 내가 나를 평가해도 나는 너무 냉정했다. 난 늘 무능력한 아빠보다 능력 있고 돈 많은 엄마 편이었다.

*

국회에서 예배를 하기로 한 우리 학교는 행사 준비로 한창 바빴다. 수업이 끝나면 전교생을 모아서 예배를 드린 후에 또 할 것이 생겼다. 그건 바로 국회에서 공연할 노래와 율동이었다.

언제나 음악을 담당하는 선생님은 바로 내게 빌지 말고 기도해야 한다고 했던 사람이다. 그 선생님은 나를 앉혀놓고 늘 이런 말을 했다.

"저는 김 선생님이 언젠가는 저처럼 인격적으로 하나님을 만날 수 있다고 확신해요."

도대체 하나님을 인격적으로 만난다는 것은 무엇일까? 내가 아무리 공부를 소홀히 했다고 해도 국어국문학과에 국어교육학과 출신이었는데 그 소린 도대체 이해가 가질 않았다.

암튼 그 선생님은 내가 이 대안학교에 들어와서 새 학기가 시작될 무렵 교감으로 승진을 했다. 그 교감 선생님이 예배가 끝나면 아이들을 모아놓고 노래와 율동을 연습시켰다.

선정된 노래는 가수 박학기의 '아름다운 세상'. 노랫말이 좋거니와 멜로디가 좋은 노래인데, 거기에 또 다른 새로운 의미를 부여했다. 바로 국회의 구성원들을 전부 크리스천으로 바꿔야 그 '아름다운 세상'을 만들 수 있다는 것이 그것이었다.

내가 생각했던 교직 생활과 점점 동떨어져 가고 있었다. 아무리 종교단체의 대안학교라지만, 이 학교에서 하는 일은, 아니 이 학교의 교장 선생님이 추진하는 일은 전부 이상하게만 느껴졌고 날이 가면 갈수록 정이 떨어져 갔다. 그래도 그나마 아이들 때문에 버텼는데 그런 마음조차도 점점 사라져 감을 느낄 수 있었을 정도였다.

나는 정말 국회에서 이 학교 교장 선생님이 진행하는 예배에 정말 참여하기 싫었다. 하지만 빠질 명분이 없었는데, 마침 회의 끝에 교장 선생님이 내게 말했다.

"이번에도 우리 김 선생이 사진 잘 찍어줘요."

나는 속으로 환호성을 질러댔다. 사진을 찍는다는 핑계로 저들처럼 미친 행동을 하지 않아도 되겠다는 생각에 내 입가에는 저절로 미소가 번졌다.

"예! 걱정 마세요."

그리고 정말로 국회의사당 어떤 한 건물에 도착을 했고, 우리는 예배 준비로 너무나 바빴다. 그리고 드디어 시작된 예배. 처음엔 귀빈이랍시고 온갖 국회의원들과 관련자들의 인사와 대표 기도가 있더니, 우리 아이들의 공연이 있었고, 교감 선생님의 지휘로 CCM을 불렀다. 노래의 힘은 정말 대단했다. 그 노래 몇 곡으로 거기 있는 사람들 전부를 흥분케 했고 단결시켰다. 전부 하나같이 양손을 위로 뻗쳐 들고 노래를 부르고, 미친 사람들처럼 기도를 했다.

교장 선생님도, 교감 선생님도 얼마나 흥분을 하면서 기도를 하는지 또 방언기도를 하면서 미친 기도를 했다. 그리고 마지막으로 하이라이트인 교장 선생님의 설교가 있었다. 교장 선생님은 무대에 나가 마이크를 들고 목이 터져라 소리를 질러댔다. 이미 사람들은 흥분한 상태라서 교장 선생님의 말은 절대적이었고, 국회를 크리스천으로 채우고 하나님의 나라로 만들어야 한다는 그 말도 안 되는 말에 호응하며 연신 "아멘!! 아멘!!"을 외쳐댔다.

그뿐인가? 마지막에는 아이들이 이 미래를 이끌어 갈 주역이라며 단상에 올라오게 한 다음 무릎을 꿇게 하더니 한 명 한 명의 머리에 손을 얹고 안수 기도를 했다.

나는 그런 모습들을 사진을 찍어대다가 그 아이들의 표정을 봤다. 지금 이 말도 안 되는 상황이 재미라도 있다는 듯이, 교장 선생님이 하는 저 말이 무조건 이루어져야 하고 그렇게 될 수 있다는 듯이 반응했고, 교장 선생님의 그 안수 기도에 하나같이 감동을 받은 표정들이었다.

그런 표정의 아이들을 보고, 또 무대 아래에서 자기 자녀들이 무릎을 꿇고 그렇게 행동하는 것을 자랑스러워하는 부모들을 보고 학을 뗄 정도였다.

그 학교에서 하는 이런 이상한 행사는 국회에서가 끝이 아니었다. 학교는 이번 국회에서의 행사로 탄력을 받았다. 대대적으로 기독교를 기본으로 하는 《국민일보》에도 보도가 될 정도였다. 이 대안학교가 15주년을 맞이하여 국회에서 성공적인 예배를 끝마쳤다고 광고하듯 보도가 되었던 것이다. 그 덕분에 교장 선생님은 이곳저곳에서 강연 초청을 받아 행사에 불려 나가기 바빴다. 그리고 한 번 그렇게 나갔다 올 때마다 우리 대안학교의 학생들이 한두 명씩 늘어갔다.

"너 뜨레스 디아스라고 알아?"

"뜨레스 디아스? 들어본 것 같긴 한데?"

나는 모태 신앙인 여자친구에게 물어봤다. 뜨레스 디아스는 한국말로 하면 사랑의 동산이라고, 한마디로 대략 3박 4일 정도로 어느 기도를 할 수 있는 시설에 들어가서 영성 훈련을 하는 행사다.

잘은 모르지만 교감 선생님의 말에 의하면 그 사랑의 동산도 무슨 '기수' 같은 것이 있어서 사랑의 동산 몇 기라고 하면 같은 크리스천들은 다 알아듣고 공감 내지는 대단하게 느끼기까지 한다고 한다.

나 역시 이번에도 그 사랑의 동산에 끌려갔다. 월 127만 원을 받고 말이다. 그곳에 갔더니 예배와 노래 그리고 율동, 성경 말씀 공부 등등으로 갖가지 이벤트로 행사를 했는데, 이번엔 찍사가 아닌 참여자로 갔기 때문에 꼼짝없이 예배에 참석해야 했다.

그곳에서도 역시 기가 막히게 하는 사건이 있었다. 날마다 어떤 특별한 사람들이 강단에 서서 강연과 간증을 하는데, 참 간증은 자기가 살면서 하나님과 관련되어 겪은 경험담을 이야기하면서 이렇게 이렇게 했더니 하나님이 어떻게 해주시더라 하는 내용으로 발표를 하는 것이다. 그렇게 하면 사람들의 반응은 하나같이 전부 "신기하다. 대단하다. 아멘!" 이런 식의 반응으로 화답한다.

그렇게 간증을 하러 오신 손님들 중에 강원도에서 한 교회의 장로를 하고 있다는 노신사가 오셔서 강단에 서셨다.

"…그런데 그 교회를 새로 건축하게 된 것이었어요."

그 장로님의 간증은 이랬다. 강원도에 어떤 한 교회가 있었는데 그 교회가 새로 건물을 지으며 건축을 하게 되었다는 것이다. 그런데 자기의 연로하신 어머니께서 그 교회에 건축헌금으로 자그마치 5억을 때려 넣으셨다는 것이다.

"아무리 그래도. 전 재산을 건축헌금으로 바쳤으니 아들로서는 미치고 팔짝 뛸 노릇이었죠. 안 그래요? 그래도 어쩌겠어요. 이미 어머니가 이미 그렇게 하셨는걸. 그리고 저는 왠지 그걸 돌이키고 싶지는 않았어요."

거기까지 듣고는 나는 속으로 저 아저씨도 참 인생이 고달프네! 정도로만 생각했는데 그건 나만의 순진한 생각이었다. 그 장로님이 뒤이어 하는 말이 더 기가 막혔다.

"아!! 그래서…. 이러 이렇게 됐는데 하나님께서 그 5억에 더 보태서 10억으로 채워주시더라 이겁니다."

"하!~ 아멘!! 어쩜 그래…. 아멘!!"

순간 미친 건가? 생각이 들었다. 저 말도 안 되는 말을 듣고 아멘, 아멘 그러면서 감동받을 일인가? 하고 말이다. 내게는 저 간증의 목적이 뻔히 보였다. 자기 어머니가 이렇게 이렇게 했는데 하나님이 2배로 채워주시더라. 너희들도 그렇게 해라.

이 뻔히 답이 보이는 말에 사람들은 공감을 하며 그 장로님의 간증에 "아멘, 아멘." 하고 있는 것이다. 너무나 무서웠다. 그저 한심하다고 생각이 된다기보다는 지금 이 집단이 너무나 무서웠다.

내가 무섭게 느낀 것은 그뿐만이 아니었다. 아니, 정확히 말하면 나 스스로에게 무서움을 느꼈다. 한 차례 교육이 끝나고 조별로 모여서 기도 모임을 가졌는데, 거기에서도 어김없이 노래로 시작되었다.

나는 워낙에 노래를 좋아하고, 또 CCM의 멜로디 자체가 나를 쉽게 흥분케 했다. 그렇게 노래를 같이 따라 부르며 흥분이 최고

점에 이르렀을 때 기도가 시작되었다. 그렇게 기도를 시작했는데 기도를 시작한 지 얼마 지나지 않은 상황이었다.

내 입에서 갑자기 교장 선생님이나 교감 선생님처럼 요상한 말이 나오려고 그러는 것이다. 분명 그건 내가 생각했을 때는 빙의다. 그래서 무서움을 느꼈다. 내게 귀신이라도 씐 것같이 느껴져서 말이다. 그래서 나는 당장 기도를 멈추고 입을 떼지 않고 가만히…. 그저 가만히 흥분을 가라앉혔다.

쉬는 시간에 나는 방금 겪은 것에 충격을 먹었다. 며칠 전 엄마의 말대로 내가 빠진 것인가? 하고 엉뚱한 생각이 들었을 정도였으니까 말이다.

그 사랑의 동산이 끝나고 나서 나는 빨리 이 학교를 벗어나고 싶었다. 더 이상 이 학교에 정이 가질 않았다. 아이들이고 뭐고 간에 이 이상한 집단에 포함되고 싶지 않았다.

하지만 내 마음속 깊은 곳에는 교사로서의 아주 작은 양심과 신념이 있었다. 담임인 내가 중간에 이렇게 관두게 되면 내가 맡은 저 아이들은 부모 잃은 고아처럼 되는 것이었다. 이 학교를 하루빨리 떠나고 싶은 마음이 95%였다면, 그 작은 5%가 날 괴롭혔다.

그런 와중에 우리 교장 선생님은 또 다른 이상한 일을 벌이려고 폼을 잡고 있었다. 그건 한 달에 한 번 있는 페어런츠 데이에 확연히 알 수 있었다.

"이게 바로 공주 크리스천 마을입니다."

대한민국
No.1 무당의 죽음

    2016년 5월, 내가 대안학교에 다니고 있는 사이 세상에 2명밖에 없는 우리 가족에게 암울한 그림자가 드리워지고 있는 줄은 꿈에도 몰랐다. 엄마의 형제인 둘째 외삼촌이 간암 말기라는 사형선고를 받았다는 것이다.

    그런데 우리 엄마도 그렇지만 외가의 엄마 형제들은 왜 하나같이 가정사가 그리도 복잡한지 모르겠다. 둘째 외삼촌은 숙모와 아들 2명이 있었는데, 숙모와 아들 2명은 개신교 모태신앙이었다. 오로지 삼촌만 개신교인이 아니었고, 그 가족들은 내가 어렸을 때부터 가족끼리 종교로 싸우기만 하던 사람들이었다. 그래서 급기야 몇 년 전부터 삼촌네 가족들은 숙모와 아들 2명, 그리고 삼촌

이렇게 헤어져서 살게 되었다.

　그래서 둘째 외삼촌이 간암 말기라는 사형선고를 받고 나서도 그를 돌봐주는 사람은 단 한 명도 없었다. 종교가 다르다는 이유로 삼촌도 교회에 미쳐 있는 숙모와 아들들이 싫었고, 숙모와 아들들도 예수님을 믿지 않는 자기 남편과 아버지가 끔찍이도 싫었나 보다.

　삼촌의 그런 안 좋은 소식이 들리고 나서 엄마의 그 오지랖은 또 발동되었다. 그렇게 병든 오빠를 중화동으로 모셔온 것이다. 내가 엄마의 그런 행동을 오지랖이라고 표현한 데에는 다 이유가 있었다.

　무당은 무당이 되어서 가장 슬픈 것 중의 하나가 바로 자신의 부모가 죽어도 장례에 참여하지 못한다는 안타까운 불문율이 있다. 무당은 그 역할이 안 좋은 잡귀를 쫓아내는 역할을 하는 것이 바로 무당이다. 그런데 무당이 자신의 부모가 돌아가셨다고 하여 장례에 참여하게 되면, 자기 부모를 데리러 온 저승사자가 장례식장 안에 열두 신령을 모시고 있는 무당이 무서워서 부모의 혼백을 데리고 가지 못하게 되고, 결국 부모의 혼백은 저승은커녕 구천을 떠돌게 된다는 소리가 있어서다.

　그래서 엄마가 곧 돌아가실 오빠를 우리 집으로 모셔 왔다는 자체가 오지랖이라고 표현한 것이다. 결국엔 엄마는 엄마의 뜻대로 삼촌을 중화동 2층으로 모셔 오게 되었다. 그래서 그런지 그때부터 엄마의 손님으로 넘쳐나던 신당에는 개미 새끼 한 마리조차 모습을 보기 힘들었다.

그런데도 엄마는 그걸 감수하고 자기 오빠를 모셔 오고, 1층 신당에서 엄마의 바로 위 언니인 이모에게 말하는 것을 들었다.

"얘! 숙아. 이래도 되는 거니? 오빠가 여기서 돌아가시기라도 하면… 네가 잘못되는 거 아냐?"

"괜찮아. 무당이 돼서 그런 것 하나 처리 못 할까 봐? 그런데 그게 문제가 아니네…."

엄마는 심각한 표정으로 이모에게 말했다.

"자꾸 할머니가 너희 줄초상 난다. 줄초상 나! 이러시네."

"줄초상??"

"어…. 남원에 엄마 산소가 뭔가 잘못된 것 같아…."

"산소?? 글쎄…. 뭐가 잘못되었을까?"

엄마의 말로는 엄마가 모시고 있는 신이 엄마에게 엄마의 가문이 줄초상 난다고 그랬다는 것이다. 그래서 엄마는 곧장 장남인 큰 외삼촌과 셋째 외삼촌, 그리고 막내 외삼촌인 혁이 삼촌에게까지 전화를 걸어 경고했다. 그러나 엄마의 그 형제들은 엄마가 무당이라고 해서 엄마의 말을 믿는 사람들이 아니었다. 그저 자기 동생이 돈을 많이 버니까 옆에서 비위 좀 맞춰주면 엄마가 먹다 떨어뜨린 콩고물이나 주워 먹으려는 사람들이었다. 게다가 돈이 많은 혁이 삼촌 또한 자기 누나가 무당인데도 무당으로서의 누나는 믿지 않는 상태였다.

그러다가 결국 한 달이 채 못 되어서 둘째 외삼촌은 곧 돌아가실 정도로 병세가 심각해졌고, 그동안 엄마가 삼촌의 가족들을 끊임없이 설득한 끝에 임종은 우리 집에서가 아닌 아들네 집으로 모셔가서 맞기로 하였고, 중화동을 떠난 지 3일 만에 돌아가셨다는 소식이 들려왔다.

*

내가 이 대안학교에 온 지도 몇 개월이 흘렀다. 교장 선생님은 페어런츠 데이에 학부모들을 상대로 설교를 하다 말고 이 대안학교의 이상한 계획들을 발표했다. 교장 선생님은 스크린에 어떠한 조감도와 설계도를 띄워놓고 말했다.

"이게 바로 우리 학교에서 계획하고 있는 공주 크리스천 마을입니다. 여기는 바로 하나님 나라를 건설하기 위한 시초가 될 곳입니다. 하나님을 믿는 우리들이 여기에 살면서 우리나라를 하나님의 나라로 선포하고…."

이곳, 이 학교가 사이비 종교단체가 아닌가? 하고 의심했다. 교장 선생님은 그 크리스천 마을을 만든답시고 학부모들에게 투자할 것을 강력하게 말했다.

"우리 학교는 미국, 일본을 비롯한 여러 나라와 자매결연을 맺은 학교입니다. 그들이 여름 방학이나 겨울 방학을 맞이해서 우리나라로 들어오고 또 이곳 공주 크리스천 마을에서 지내게 될 것입니다. 아이들은 그 아이들과 같이 지내면서 신앙은 물론이고 영어도 자연스럽게 터득하게 될 것입니다."

 나는 이 학교에 다니게 되면서 우리나라에 있는 어떤 종교가 이단이고 어떤 종교가 사이비인지 배웠다. 우리 학교는 분명 대한예수교장로회에 정식 등록된 기독교 단체다. 그런데 저 교장이 하는 행동이나 말을 들어보고 있으면 이단들이 하는 행동을 그대로 따라 하고 있는 것이다.

 나만 이 상황을 이상하게 보는 것인가? 하고 생각을 하고 주위 선생님들의 눈치를 보니까 그다지 나만 이상하게 생각하는 것은 아닌 것 같았다. 하지만 그들도 나처럼 교장에게 말 한마디를 하는 사람은 아무도 없었다.

 그 이후로부터 교장은 우리 학교 학생들에게 영어 공부를 더욱 더 강조했고, 또 교육 면에 있어서도 영어 교육을 더욱 강화했다. 이미 처음부터 이 학교는 영어 교육에 대해서 강조를 해왔지만, 공주 크리스천 마을 계획을 발표하고 나서는 더욱 강화되었다.

 외부 유명한 모 영어 학원과 협약을 맺고 전교생을 강당으로 모아서 영어 교육을 진행했다. 교장이 얼마나 발이 넓은지 그 정도 섭외하는 것은 교장에게 일도 아니었다.

 만약 정상적인 교육비용이 1인당 100만 원이라면, 같은 크리스천이라는 점을 내세워서 하나님의 사업에 봉사하라는 것을 강조해서 금액을 절반 이하로 깎아버리는 능력도 발휘했다.

 그렇게 교장이 이렇게 주변에서 투자받는 것은 정말 쉬운 일이었다. 만나는 사람마다 하나님을 들먹거리면 그들은 전부 할 수 없다는 듯이 오케이를 해버리니 말이다.

　그렇게 우리는 정규 수업시간을 빼면서까지 전교생은 물론이고 전 교직원도 그 영어 수업을 들어야 했다. 물론 교사들은 무료로 청강하는 수준이었지만, 학생들은 유료로 그 영어 수업을 들어야 했다. 이 역시 교장이 학부모에게 '하나님'을 팔면 수월하게 돈이 입금되는 실정이었다.

　나는 도저히 버티지 못할 것 같았다. 날이면 날마다 국회의원을 크리스천인 사람을 뽑아야 한다고 목이 터지라고 강조를 했고, 공주 크리스천 마을에 투자받기 위해서 교장은 늘 바쁘게 다녔다.

　그뿐인가? 시간이 없는 와중에 빠짐없이 꼭 참여하는 일이 있었다. 아니, 더 정확히 말하자면 참여하는 수준이 아니라 교장이 리더였다. 그것은 바로 하루가 멀다 하고 하는 동성애 반대 집회였다. 교장은 집회에도 모자라 매일 예배 시간마다 동성애에 대해서 신랄한 비판을 이어갔다.

　한번은 동성애에 관해 전문가라는 사람이 와서 페어런츠 데이 때 강연을 했는데, 중고등학생은 물론이고 초등학생, 심지어 미취학 어린이까지 있는 자리에서 동성 성교에 대해서 적나라하게 말했다.

　"이들은요. 그냥 줄줄 흐르는 거예요. 괄약근에 힘이 없어서…."

　도저히 미성년자가 들을만한 내용이 아니었음에도 적나라하게 표현했다. 그 덕분인지 우리 반의 한 여학생이 자기네들끼리 대화를 하는데 옆에서 그 여학생이 하는 말을 듣고 너무나도 충격을 받았다.

  그 여학생은 성씨가 바로 유명 게이 연예인의 성씨와 똑같은 성씨였는데 그 사람과 똑같은 성씨인 게 싫다면서 짜증을 내며 말했다.

  "아!! 난 내 성씨가 그딴 인간이랑 똑같은 것이 혐오스러워!! 정말 싫어!! 왜 하필 그 사람이랑 똑같은 거야!!! 진짜 짜증 나!!"

  아이들의 머릿속에는 예수님의 새 계명인 '사랑' 따위는 없었다. 이미 이 학교에서 혐오를 배웠다. 아니 배웠다기보다는 아주 어렸을 때부터 세뇌당했다. 나는 그 여학생의 말을 듣고 사태의 심각성을 깨닫고 교직원 회의 때 말했다.

  "그 학생이 자기 성씨랑 그 연예인이랑 똑같다면서 엄청 짜증을 내고 혐오한다고까지 그러더라고요."

  나는 솔직히 내가 이렇게 말을 하면 선생님들만큼은 사태의 심각성을 깨닫고 학생들에게 사람을 혐오해서는 안 된다고 가르쳐야 한다고 그럴 줄 알았다. 그런데 내가 한 말을 듣고 심각하게 받아들이는 선생님은 단 한 명도 없었고, 다들 그 여학생의 생각과 반응이 웃긴다는 듯이 서로 웃고 떠들었다.

  "심각한 문제 아닌가요? 그 연예인이 예수님의 품으로 들어오게끔 기도해야지, 사람을 혐오하는 마음을 가져서는 안 되는 거잖아요?"

  그렇게 반응을 하는 선생님들에게 내가 대놓고 이렇게 말을 해봤지만 다들 그건 심각한 문제가 아니고 그냥 재미있는 상황으로 치부했다.

나의 말은 소용이 없었다. 어쩌면 이들은 공주 크리스천 마을을 발표했을 때도 교장과 똑같이 하나님의 나라를 만들어야 한다는 것에 동의하는 것 같았다. 선생님들도 나처럼 그 상황이 이상한 상황이라고 생각할 것으로 생각했던 내가 완전히 틀린 생각을 하고 있었다고 느껴질 정도였다.

그 이후 나는 결심을 했다. 이곳에서 빠져나가야겠구나, 개신교는 내가 잠시라도 있을 곳이 못 되는 종교이구나 하고 생각이 굳혀졌다.

그 이후로 같은 크리스천인 여자친구와도 어떻게 헤어져야 하나를 고민했다. 분명 그 여자친구와 결혼까지 골인한다면 하루하루를 종교 때문에 싸우게 될 것이 뻔했다.

"저…. 개인 사정이 있어서 그만두려고요. 교장 선생님…."

나는 곧 교장 선생님께 퇴사 의사를 밝혔고, 내가 담임을 맡고 있었기 때문에 교장 선생님은 날 극구 말렸지만 날 말릴 수는 없었다. 그래서 차기 선생님을 위해서 인수인계를 철저히 해줄 것을 약속한 뒤에 퇴사를 허락받을 수 있었다.

그 이후로 나는 며칠 동안 아이들의 생활기록부 정리와 인수인계 준비를 했다. 단 하루 만에 끝낼 수 있는 것이 아니라 며칠이 걸릴 것 같았다. 그렇게 퇴사 의사를 밝히고 2주 만에 중화동으로 가는 날이 돌아왔다.

내일이면 중화동에 가는 날이다. 그날은 드디어 내가 퇴사를 한다는 것을 하늘도 알았는지 하늘이 너무나도 맑았다. 12월의 추운 겨울이 왔음에도 불구하고 맑은 하늘이 너무 좋았고, 내 뺨에 스치는 차가운 바람조차도 내 기분을 상쾌하게 만들었을 정도였다.

나는 오피스텔로 돌아와서 핸드폰을 켰다. 그런데 핸드폰 속 CCTV 어플 속으로 보이는 엄마는 여전히 소파에서 주무시고 계셨다. 학교에서 오후 5시쯤 엄마가 소파에 눕는 것을 봤는데, 지금 꽤 늦은 시간인데도 엄마가 그대로 주무시고 계셨다.

엄마는 몇 년 전부터 꼭 수면유도제를 드셔야 잠을 이루실 수 있는 불면증을 앓고 있었는데, 그 정도가 심해서 낮에 잠깐 낮잠을 주무시더라도 꼭 약을 먹고 주무셔야 했다. 그래서 나는 약기운이 아직 떨어지지 않아서 밤늦게까지 주무시나 보다 했다.

그리고 그다음 날, 여전히 날씨는 너무 좋았고 기분 좋게 중화동으로 향했다. 그날따라 중화동으로 가는 서울 외곽순환 고속도로에 차도 별로 없어서 달리는 맛이 아주 좋기도 했었다.

그렇게 중화동에 도착해서 대문에 들어섰더니 1층 창문이 열려 있었다. 그래서 나는 창문을 좀 더 열어서 소파에 누워 주무시는 엄마를 향해 말했다.

"엄마! 아들 왔네~"

그런데 엄마는 깊이 주무시고 계시는지 내가 아무리 불러도 잠에서 깨지 않으셨다. 창문 밖에서 아무리 불러도 엄마는 작은 미동조차 하지 않았다. 나는 너무 이상해서 창문에서 나와 집으로 들어가려고 했다. 그런데 마음이 급해서 그런지 집으로 들어가는 비밀번호를 까먹은 것이다. 그래서 급한 마음에 엄마의 바로 위

언니에게 전화를 걸었다.

　그 언니는 몇 년 전부터 우리 집을 다니면서 엄마에게 월급을 받으면서 살림을 살아주며 일했는데, 그 이모밖에 생각이 안 난 것이다.

　"이모. 중화동 1층 신당 비밀번호가 뭐지?"

　- 에그!! 까먹었구나! 9696이잖아.

　"아…. 맞다. 잠깐만."

　나는 급하게 비밀번호를 누르고 신당으로 들어가서 엄마가 있는 쪽으로 향했다. 내가 통화를 하면서 가는 그 소리에도 엄마는 깨지 않았다. 그리고 드디어 엄마가 누워 있는 곳까지 갔더니 엄마의 입과 코에서는 이물질이 나와 굳어져 있었다.

　나는 그때까지만 해도 그게 무엇인지 짐작조차 하지 못했다. 그래서 그 이물질을 향해 손을 뻗어 닦아주려고 만졌는데 엄마의 얼굴이 딱딱하게 굳어 있었다. 나는 순간적으로 너무 놀라서 다시 엄마의 어깨를 툭 하고 치면서 만졌다. 그런데 역시나 엄마의 몸 자체가 아주 딱딱한 나무토막같이 느껴졌다.

　나는 너무나 깜짝 놀라서 아무 말도 하지 못하고 있었다. 그동안에 전화기 안에서는 이모가 무슨 일이냐며 난리가 났다. 나는 정신을 차리고 이모에게 지금 이 상황을 설명하려고 했다.

　그런데 내가 그냥 무턱대고 엄마가 죽은 것 같다고 말을 하면 이모가 쓰러질 것 같았다. 나는 그 와중에도 나 스스로가 아닌 남 걱정을 하고 있었던 것이다.

"이모. 지금 서 있어? 앉아 있어?"

- 왜! 지금 서 있어.

"그럼. 앉아봐."

- 왜. 무슨 일인데??

"아 글쎄! 앉아봐."

- 앉았다. 무슨 일이야?

나는 이모가 앉았다는 소리를 듣고 나서도 한참을 내 입을 떼지 못했다. 지금 이 상황이 도저히 이해가 가질 않았다.

"이모…. 어… 엄마가… 죽었나 봐."

- 뭐!!?? 뭐!!?? 뭐라고???!!!

전화기 너머로 이모는 까무러치듯 소리를 질러댔다. 나는 앞에 있는 굳어버린 엄마의 시신을 보고 넋이 나가서 그저 털썩 앉아서 엄마의 죽음을 이모에게 말을 했다. 순간적으로 눈물도 나지 않았다. 너무나 어이가 없었고, 이 상황이 정말인지 꿈인지조차도 구분할 수 없었다.

나는 이모와 전화 통화를 끊고 곧바로 119에 신고를 했다. 그리고 지금으로부터 정확히 한 달 반 전에 엄마와 나와 화해했던 혁이 삼촌에게 전화를 했다.

- 어~ 무슨 일?

"삼촌. 지금 차 몰고 있어요?"

- 어…. 아니? 왜?

나는 그때도 역시 남 걱정을 먼저 했다. 멘털이 강한 것인지 반대로 정신 나간 놈인지 나 스스로조차도 나를 알 수가 없었다. 내가 지금 남을 걱정할 때인가? 남이 날 걱정해 줄 때인데, 지금 이 상황이 똥인지 된장인지 구분도 못 하는 정신 얼빠진 이 어리석은 녀석은 그러고 있는 것이다.

- 뭐???? 알았어. 금방 갈게.

"흥분해서 사고 치지 말고 차 조심하세요."

뚝.

곧 119 대원들이 도착했고, 소파에 누워 있는 엄마의 상태를 자세히 살펴보더니 한 구급대원이 내게 와서 조심스럽게 말을 꺼냈다.

"죄송합니다. 사망하셨습니다. 저희로서는 이제 할 것이 없습니다. 죄송합니다. 저희 쪽에서 경찰을 불렀습니다."

"네??"

그 구급대원의 사망선고를 듣고 나서야 내 눈에서 눈물이 나기 시작했다. 서럽게 서럽게 울었다. 또 한편으로 내 머릿속에는 무언가의 욕으로 가득 차버렸다.

그놈의 하나님 타령만 안 했어도, 그 교회에 미치지만 않았어도, 내가 그 망할 기독교 대안학교인지 뭐시긴지에만 다니지 않았어도 엄마가 죽지 않았을 텐데 나의 원망의 화살은 교회의 십자가로 향했다.

또 있었다. 나는 엄마가 무당이 되고 나서부터, 그리고 엄마가 무당으로서 최고가 되고 나서부터, 엄마보다 더 엄마의 신령님께 최선을 다했고, 열정을 다해 섬겼다.

엄마가 기도를 가거나 일하러 가고 들어오지 않는 날이면, 새벽부터 일어나서 씻고 몸 단정을 한 다음 늘 옥수[5]를 갈았다. 그렇게 최선을 다한 나와 엄마에게 이런 불행 하나를 막아주지 못하는 그 신령들이 원망스러웠다.

자기들을 섬기는 애동 제자[6] 하나를 지켜주지 못하는 무능력한 신령들이 원망스러웠다.

그렇게 대한민국 최고 No. 1 무당 엄마는 그렇게 고생만 하다가 눈을 감았다.

---

5   옥수: 신당에 올리는 맑은 물.
6   애동 제자: 무당을 신에게 빗대어 낮추어 이르는 말.

마지막
이야기

엄마의 장례식장은 정말 초라하기 그지없었다. 이런 경험에 대해 아무런 지식도 경험도 없던 나는 그저 울기만 하고 있는 바보 중의 바보였다. 급한 대로 엄마의 주민증에 나와 있는 사진으로 영정사진을 만드니까 너무나 초라해 보였고, 그 영정사진 주위에 있는 꽃들도 가장 싼 것으로 맞춰졌다. 내가 돈이 없어서가 아니라 그저 아무것도 몰랐다.

"아이고~ 숙아…."

엄마의 바로 위 언니인 둘째 이모가 도착하고 나서야 엄마의 영정사진은 한복을 곱게 입은 진정 무당의 모습으로 되돌아갔고, 그 영정사진 주변에 비싼 꽃들로 장식하게 되었다. 엄마의 장례는 내 손이 아닌 혁이 삼촌 손에 맡겨져 운영되었다.

　과학수사대가 와서 수사한 결과, 돌아가시기 전날 내가 달아놓은 CCTV로 확인했더니 수면제를 드시고 소파에 누워 낮잠이 들어 깨어나시지 못했는데, 엄마가 주무시면서 자기도 모르게 구역질을 했고 토사물이 나왔다가 다시 목구멍으로 들어가는 과정에서 수면제의 기운 때문에 일어나지도 못하고 기도가 막혀 돌아가셨다는 추측으로 결론을 내었다.

　너무나 어이가 없었다. 한순간에 사람이 이렇게 갈 수도 있는가? 57세가 얼마나 많은 나이라고 고작 수면제 하나 때문에 돌아가시다니, 그 순간 내 머릿속엔 문득 엄마가 늘 해왔던 말이 생각났다.

　'내가 올해만 넘기면 장수하는데~'

　엄마는 그게 자기 자신에 대한 예언인 줄도 모르고 돌아가신 것이다. 엄마의 말대로 올해가 가기 한 달 전인 막달을 넘기지 못하고 돌아가셨다.

　허망하다. 허망해. 나는 엄마의 영정 앞에서 멍하니 계속 그러고만 있었다. 눈물은 그렇게 많이 나지 않았다. 실감이 나지 않아서일까? 아니면 그 급박한 상황에도 서 있던 이모를 앉히고, 삼촌에게 운전 중이냐고 물을 만큼 멘털이 강해서일까?

　곧 외삼촌들과 첫째 이모도 도착했고, 나 역시 정신을 차리고 내 친구나 지인들에게 알렸고, 엄마의 손님들에게도 알렸다. 그때 내가 느낀 것은 '대한민국에서 무당이라는 직업은 하지 말아야 할

외롭고 고독한 직업이구나.'라고 느꼈다.

엄마의 손님들에게 알리자 몇몇 손님들은 오긴 했지만, 대부분의 손님은 엄마의 사망 소식을 듣고 알았다며 전화를 끊긴 했는데 정작 장례식장에는 오지 않았다.

"재성아. 미안. 너도 알잖아. 상문살이라는 것이 얼마나 무서운지."

"네. 알았어요."

대부분의 손님은 장례식장에 함부로 오면 낀다는 상문살 때문에 오길 꺼렸고, 특히나 무당의 장례식이라니까 더더욱 꺼렸다. 안 그래도 안 좋은 기운이 붙을까 봐 걱정인데, 무당의 장례식이라 더 안 좋은 기운이 자신들에게 들러붙을까 봐 오지 않겠다는 것이다.

그래서 엄마의 장례식을 채운 것은 친지들, 소수의 엄마 손님들, 내 손님들, 그리고 엄마의 학교 동창들이었다. 그들 대부분은 상문살 따위는 믿지 않는 사람들이거나 엄마가 무당이라는 사실을 별로 인정하지 않는 사람들뿐이었다.

나는 평생 엄마가 무당으로서는 대한민국 최고라고 여기며 살아왔다. 그런데 대한민국 최고의 무당 장례식은 너무나도 초라하기 그지없었고, 외로웠으며, 고독했다. 그래도 그나마 엄마의 친구들이 많이 와서 북적여주며 나를 위로해 주고 엄마를 추모해 주었다.

나는 잠깐 장례식장을 빠져나와 아빠에게 전화를 걸었다.

"엄마 돌아가셨어요."

"그, 그래?"

아빠는 그러고도 한참을 말이 없었다. 나는 그 짧은 말이 없는 동안에 아빠도 이런 순간에는 엄마를 위해 슬퍼해 주는구나 싶었다. 그런데 그 잠깐의 공백이 있고 이어지는 아빠의 말은 내 가슴을, 내 심장을 정확히 칼로 찌르는 것 같았다.

"내가 가야 하니?"

아빠의 그 소리를 듣고 나는 "예?" 하고 대답조차 못 했다. 아니, 안 했다. 너무나도 어이가 없었다. 장례식장은 죽은 이를 추모를 하러 오는 공간이기도 하지만, 남겨진 사람을 위로하러 오는 공간이 아니었던가? 내게는 이제 유일하게 남은 혈육이면서, 자기한테는 유일하게 홀로 남은 아들이면서 그런 아버지의 입에서 나오는 소리가 이렇다니, 아빠가 그런 소리를 하고 나서 '앗!' 하는 그 0.1초의 찰나의 순간에 바로 대답을 했다.

"알았어요. 됐어요. 오지 마세요." 뚝.

엄마의 영정 앞에서도 잘 나지 않던 눈물이 그제야 쏟아져 내렸다. 너무나도 서러웠다. 우리 가족이 왜 이렇게 됐는지, 이럴 거면 왜 나를 낳아서 이런 일을 겪게 하는지 엄마도, 아빠도 원망스러웠다.

엄마의 장례식은 이런 일 따위는 이벤트라고 할 수 없을 만큼의 또 다른 이벤트가 나를 기다리고 있었다. 아빠와 그런 통화를 하고 나니 아직 관두지 못한 학교에서 교장 선생님과 다른 선생님들, 그리고 우리 반 아이들과 학부모들이 왔고, 그들이 엄마가 무당인 줄 몰랐기에 엄마의 영정 앞에 앉아서 찬송가를 부르며 예배와 기도를 했다. 아마 그들은 다른 식구들이 엄마가 교회를 다닌다는 것이 싫어서 예배 자체를 조심스럽게 해야 하는 분위기라고 생각이 되었던 모양이다. 나는 그들이 돌아가고 엄마의 영정 앞에서 웃음 아닌 웃음을 지으며 말했다.

"훗~ 우리 엄마 예배도 다 보고…. 얄궂네…."

그리고 늦은 저녁, 장례식장은 한창 손님들로 시끄러웠다. 나는 내가 이런 일을 당하고 나서야 왜 우리나라 장례 문화 중에서 사람들이 장례식장에서 시끄럽게 떠들고 그러는지 몸소 느끼게 되는 일이 발생했다.

명절이나 외할아버지와 할머니의 제사 때 외가 가족들은 모이기만 하면 서로 헐뜯고 욕하고 싸워댔는데, 아니나 다를까 셋째 삼촌과 혁이 삼촌의 다섯 번째 마누라와 싸움이 붙은 것이다.

"어디 첩년 따위가 여기가 어디라고 기어 와서는 지랄이야? 엉?"

"첩년이요? 아주버니 말 다 했어요, 지금?"

"아주버니는 무슨. 내가 왜 네 아주버니야?"

혁이 삼촌은 형님에 대한 예의가 깍듯한 사람이었다. 그래서 자기 마누라와 형님이 싸우는데도 그저 아무 말 없이 술만 먹고 있었다. 그 싸움은 더더욱 크게 번졌고, 장례식장에 있던 내 손님들, 엄마의 친구들, 그리고 손님들까지 전부 그들을 피해 집에 가버렸다.

정말 너무했다. 그 손님들이 가고 나니 정말 장례식장이 아무도 없이 텅텅 빈 곳으로 변해버렸고 고독한 가운데 더욱 고독하게 만들어 버렸다.

　나는 속으로 끓어오르는 화를 겨우겨우 참고 누르고 그저 엄마의 영정 앞에서 하염없이 목 놓아 울기만 했다. 그리고 나서부터는 정말 엄마의 형제들 말고는 장례식장에는 아무도 없었다. 그 분위기가 더욱 나를 화나게 했고, 더욱 슬프게 했으며, 더욱 고독하게 했다.

　그것이 끝이 아니었다. 이번엔 셋째 삼촌의 아들과 혁이 삼촌이 한판 붙은 것이다. 그 형은 혁이 삼촌에게 이 새끼 저 새끼 하면서 쌍욕을 퍼부어 댔고, 금방이라도 서로 치고받고 할 참이었다.

　또 참았다. 엄마의 영정사진 앞에서 나까지 폭발할 순 없었기에 그냥 나 스스로 부처가 되기로 결심한 듯 꾹꾹 눌러 참았다. 그렇게 또 한바탕의 싸움이 있고, 이제 조용하겠거니 했더니 또 한 번의 싸움이 난 것이다.

　이번엔 자매 중에 첫째 이모가 그야말로 미친 짓을 하는 사건이 벌어졌다. 평소 엄마의 현 남편인 김 선생님과 악감정이 있었던 첫째 이모의 눈에 그가 보이자 불같이 달려오더니 냅다 싸대기를 갈겨버리는 것이다.

　"야!! 네가 뭔데 우리 숙이 장례에 나타나는 거야??"

　정말 순식간이었다. 나는 도저히 끓어오르는 분노를 참지 못했다. 그게 무슨 일이든 간에 내 어머니의 영정사진 앞에서 이런 난리를 피운다는 것이 도저히 용서되질 않았다.

"에이 씨발 것들이 진짜!!"

나는 폭발해서 장례식장의 상들을 다 때려 부숴버렸다.

"니들이 사람 새끼들이야? 장례식장에서 이게 뭐 하는 짓거리야!! 손님들 다 내쫓고!!"

내가 참지 못하고 그렇게 폭발하자 그 첫째 이모의 아들이 되려 내게 큰소리쳤다.

"야!! 너만 슬퍼? 너만 슬프냐고??"

나는 너무나 어이가 없었다. 나는 흥분을 가라앉히고 말했다.

"알았으니까. 다 필요 없으니까. 다 꺼져. 죽여버리기 전에 다 꺼지라고."

내가 그렇게 나가자 그 형은 자기가 화가 나서 되돌아갔고, 둘째 이모가 내게 와서 그들에게 쌍욕을 해대면서 위로해 주었다. 나는 엄마의 영정 앞에서 정말 크게 목 놓아 울어버렸다. 엄마가 너무나 불쌍했다. 아들이 장가가는 꼴도 못 보고, 그리고 올해 겨울에 일본으로 첫 해외여행을 가보자는 약속도 지키지도 못한 점이 계속 나를 괴롭혀서 얼마나 울어댔는지 모르겠다. 그렇게 엄마의 외롭고 쓸쓸한 장례식은 끝이 났다.

집으로 돌아온 나는 남들처럼 집에만 콕 처박혀서 슬퍼만 할 수 없었다. 이 세상에 나 하나밖에 없었으니 엄마가 돌아가시고 나서의 뒤처리는 오로지 내 몫이었기 때문이다.

엄마의 재산을 정리하는 일, 그리고 엄마의 유언을 지키는 일과 가장 큰 일은 내가 엄마 없이 홀로 서는 일이 제일 시급했다.

엄마의 재정 상태는 사실 말이 아니었다. 주변 신도들에게 갚아야 할 돈이 많았다. 그래도 그나마 다행인 것은 엄마가 돌아가시기 정확히 한 달 전, 혁이 삼촌의 아들이 첫 직장으로 보험회사에 들어갔다고 해서 55만 원짜리 보험을 들어주었는데, 그 보험을 한 달을 붓고 엄마가 돌아가신 것이다. 그래서 거금이 나온 적이 있었는데, 내가 그 아들에게 고맙다면서 100만 원짜리 수표 세 장과 30만 원짜리 연금, 24만 원짜리와 14만 원짜리 보험을 들어주었다.

그리고 나머지 돈으로 엄마의 빚을 갚는데 써버렸다. 나는 살아야 했다. 그런데 나 자신은 생각보다 무능력했다. 엄마 없이 홀로 서는데 막상 내가 할 수 있는 일이 눈을 씻고 봐도 별로 없었다.

학교에 기간제 교사라도 하기 위해서 여기저기에 이력서를 넣어봤지만, 죄다 나 같은 경력 없는 신입 기간제 선생은 거들떠보지도 않았다. 그러길 6개월 지나갈 무렵까지도 나는 계속 앉아서 돈만 까먹고 있는 철없는 백수가 되어 있었다.

엄마의 빈자리는 점점 크게 느껴졌다. 처음엔 엄마가 죽었다는 것이 실감조차 나질 않다가 한 달이 지나도, 반년이 지나도 엄마는 돌아오지 않았다.

그런데 갑자기 둘째 이모로부터 전화가 왔다.

- 야. 너희 엄마가 했던 공수가 맞았다. 어쩌면 좋으니….

그러면서 울면서 전화가 온 것이다. 자초지종을 물어보니, 엄마가 돌아가신 지 6개월 만에 제일 큰 외삼촌이 심장마비로 급사하셨다는 것이다. 그제야 혁이 삼촌과 셋째 삼촌이 엄마가 살아생전

했던 말을 듣고, 큰외삼촌의 산소를 만들면서 외할아버지와 외할머니의 산소를 파보니 외할아버지와 외할머니의 뼈들이 물에 둥둥 떠 있었더랬다. 엄마의 공수가 들어맞은 것이다. 그래서 처음에 둘째 외삼촌이 간암으로 돌아가시고, 그로부터 6개월 뒤 엄마가 돌아가셨고, 또 그로부터 정확히 6개월 만에 큰외삼촌이 돌아가시는 줄초상이 난 것이다.

셋째 삼촌과 혁이 삼촌은 그제야 엄마의 공수를 생각하며 사태의 심각성을 깨닫고 다시 산소 정리를 하셨다고 했다. 그런데 그들은 아직 정신을 차리지 못한 듯했다.

큰외삼촌의 장례를 정리하고 나서 둘째 이모가 내게 와서 성질을 내며 씩씩대기에 물어봤더니, 큰외삼촌의 장례식장에서 셋째 삼촌과 큰이모가 옹기종기 모여서 또 내 욕을 했다는 것이다. 재성이는 이제 엄마가 없어서 사람이 되느니 못 되느니 하며, 둘째 이모에게도 재성이한테 들러붙어서 뭐 얻어먹을 거 있나 하지 말라고 그랬다는 것이다.

나는 그 소리를 듣고 어이가 없었다. 자기네들이 나를 얼마나 봤다고 그런 소리를 하는지, 평생 가봐야 일 년에 한 번 볼까 말까 했던 사람들의 입에서 내가 없다고 욕이라니 말이다.

나는 그런 것에 더 이상 신경 쓰지 않고 그저 남이려니 생각하고 살려고 했다. 그런데 또다시 날 건드는 사건이 있었다.

사실 혁이네 삼촌 아들이 몇 달 전, 내게 100만 원을 빌려 간 적이 있었다. 그래서 그걸 혁이 삼촌이 알게 되었고 우스갯소리로 걱정하지 말라며 자기가 갚아준다고 그랬던 사건이 있었다. 나 역시 100만 원이 큰돈도 아니고 구태여 받아낼 생각은 없었다.

그런데 명절, 둘째 이모네 혁이네 삼촌과 내가 놀러 갔고, 분위기가 무르익었을 무렵, 내가 농담조로 삼촌이 갚아준다던 100만 원 언제 갚아줄 거냐고 물어봤다. 그런데 그 삼촌이 내 말을 듣고 노발대발 난리가 난 것이다.

"야!! 그럼 내가 농담으로 '내가 너 집 사줄게!' 그러면 사줘야 하니?"

이런 어이없는 말을 하는 것이다. 그리고 이어지는 말이 더 이상했다.

"야!! 그리고 막말로!! 네가 누구 때문에 그 큰 보험금을 타 먹었는데!! 겨우 돈 300이 말이 되냐? 어?? 적어도 10%는 줘야지? 네가 인간이냐?"

아, 돈에 환장한 사람들. 그 누가 보험금을 탔다고 딜러에게 10%를 주는 사람이 있던가? 그래도 사촌 동생이라 수표 300만 원과 30만 원, 24만 원, 14만 원짜리 보험 3개를 들어줬건만 그런 소리를 내게 싸지르고 있는 것이다.

나도 그 자리에서 박차고 일어나면서 혁이 삼촌에게 다시 쌍욕을 퍼부어 대고 그 집을 나왔다. 그렇게 외갓집 식구들과도 그 사건을 마지막으로 두 번 다시 왕래하지 않으리라 다짐했다.

엄마가 돌아가시고 나서 너무나 형편없는 삶을 살고 있는 것같이 느껴졌다. 엄마는 내 나이 때 김 장사를 하며, 무당을 하며 수

천, 수억 원을 벌었는데, 나는 이제 겨우겨우 경기도 연천 별장 근처의 학교에서 기간제 교사를 구하기에 하긴 했지만, 그건 어디까지나 끝이 있는 직장이었다. 그래서 시간이 지나면 지날수록 내 삶은 피폐해져 갔다.

'내 삶이 좀 더, 안정되면 성당엘 가야지….'

나는 지금 당장 누군가 기댈 곳이 절실하게 필요했다. 그렇다고 교회엔 죽어도 가기 싫었다. 누군가 교회의 하나님이나 천주교의 하느님이나 매한가지의 신이다. 라고 그랬지만, 내게는 교회의 하나님은 우리 엄마가 무당이라고 내게서 뺏어가 버린 신이었기에 죽어도 가기 싫었다. 그래도 엄마가 생전에 천주교는 괜찮다고 했으니까, 내 삶이 안정되면…. 그때가 되면 가야지. 가야지. 가야지. 다짐했다.

하지만 내 삶은 엄마가 돌아가신 후에도 전혀 나아질 기미가 보이지 않았고, 날이 가면 갈수록 나는 더욱 망가져만 갔다. 그러던 어느 날, 문득 생각이 들었다. 하느님께 내 삶이 안정되면 갈 게 아니라, 지금 가서 내 삶을 온전히 맡겨드려야 하나? 라는 생각이 들었다.

"저…. 성당엘 다니고 싶어서 왔는데요."

그래서 처음 간 연천군의 전곡 성당. 나는 성당 마당에 있는 성모마리아 상 앞에 우두커니 앉았다. 마치 엄마를 잃은 나를 '엄마'의 위치에서 위로해 줄 것 같았고, 자신의 아들인 예수님께 나 대신 울어주며 기도를 해줄 것 같았다.

은총이 가득하신 마리아 님 기뻐하소서,

주님께서 함께 계시니, 여인 중에 복되시며

태중의 아들 예수님 또한 복되시나이다.

천주의 성모마리아 님.

이제 와 저희 죽을 때에,

저희 죄인을 위하여 하느님께 빌어주소서.

나는 아직도 벼랑 끝에 서 있다. 하지만 하느님이 내 옷자락을 붙잡고 뛰어내리지 못하게 막고 계신다. 나는 선택의 기로에 서 있다. 스스로 목숨을 끊을 수도 있고, 내 옷자락을 잡고 계신 하느님께 온전히 나를 맡길 수도 있다.

선택을 해야지. 이 고독하고 외로운 그리고 고된 싸움에서 이길 것인가? 아니면 지고 말 것인가?

외전

"어른들끼리는 치고받고 싸우더라도 우리끼리는 그러지 말자. 알았지?"

엄마가 돌아가시기 전에, 혁이 삼촌의 아들인 창민이와 셋째 삼촌의 아들인 창한이 형, 그리고 나, 이렇게 3명이 저녁을 함께하며 했던 말이다. 그때까지만 해도 이런 다짐이 영원할 줄만 알았다. 그래서 나는 창민이에게 친동생처럼 대해줬고, 형 또한 나와 창민이를 친 동생처럼, 그리고 우리 둘도 그 형을 친형처럼 따랐더랬다. 하지만 그런 다짐은 결코 오래가지 않았다.
  내 어머니의 장례에서 혁이 삼촌과 욕지거리하며 싸워대며 내

어머니의 장례를 망친 장본인이 바로 창한이 형이었다. 게다가 장례 이후로 그 형은 내게 일말의 사과 한마디가 없었다. 처음엔 이해해 보려고 애썼으나, 내게 그 사건에 대한 사과는커녕 전화 한 통도 없는 그 형이 원망스러워졌고, 내 원망은 이윽고 분노로 바뀌었다.

평생토록 싸웠지만 딱 엄마 돌아가시기 한 달 전 정도부터 서로 화해를 하고 친하게 지냈던 혁이 삼촌에게 엄마의 유골을 모실 납골당을 알아봐 달라는 등의 부탁을 하는 등, 내 주변에 어른이 없었기 때문에 당연했을지도 모르겠다. 추측해 보건대, 창한이 형은 자신과 싸웠던 혁이 삼촌에게 내가 의지하는 모습이 보기 싫었을지도 모르겠다.

그러나 그런 나의 혁이 삼촌에 대한 의지도 단번에 꺾여버리는 사건, 내 가슴을 후벼 파는 사건이 벌어졌다. 어느 명절에, 둘째 이모네 집에서 모여 저녁 식사를 하는 자리에서 창민이에게 빌려준 돈 100만 원이 문제가 되어 서로 대판 싸우게 된 것이다. 나는 도저히 이해하지 못했다. 왜 내가 보험 딜러인 창민이에게 보험금 중 10%를 줬어야 했는지, 내가 준 수표 300만 원과 30만 원, 24만 원, 14만 원짜리 보험이 적다고 나를 역적으로 만드는지 도저히 내 상식으로는 이해하지 못했다.

나는 그와 싸우고 나서 창민이에게 전화를 했다. 혁이 삼촌이 말한 그 10%의 보상금을 너도 똑같이 그렇게 생각하느냐고 묻고 싶었다. 사실, 창민이의 생각은 혁이 삼촌과는 다르길 바랐다.

"그래서 너도 똑같이 생각하는 거냐?" 뚝.

창민이는 내 말을 듣자마자 전화를 일방적으로 끊어버리고는 내 가슴을 후벼 파는 문자 메시지를 보내왔다.

[솔직히 형이 정상이야? 너무한 거 아냐? 누구 덕분에 그 큰돈을 벌었는데. 겨우 300만 원이 말이 돼? 그러니까 형이 친구가 없는 거야.]

"가재는 게 편이고 초록은 동색"이라는 말이 딱 이 상황에 어울리는 말인 것 같다. 그래도 창민이는 자기 아버지와는 다르게 대학도 나와 공부할 만큼 했고 정상적인 사고방식을 가지고 있는 사람이라고 평가했었건만 악마로부터 태어난 그 자식은 태어나길 선하게 태어났지만 커가면서 악마인 자기 아버지의 행동을 보고 배우기 시작하면서 자신도 모르게 자신이 자기 아버지와 똑같이 악마화되어 가는 줄도 모르고 악마가 된다.

세상천지에 그 어느 누가, 보험금을 탔다고 10%를 보험 딜러에게 주는 사람이 어디 있단 말인가? 게다가 내가 주지 않았던 것도 아니고 300만 원과 새로운 보험 3개를 들어준 것으로 모자란다는 말인가? 아닐 것이다. 이건 분명히 다른 문제라고 판단했다.

그저 여태까지 나의 방패막이 되어주고 나의 칼이 되어준 엄마가 돌아가신 죄로 무방비의 칼날과 화살을 온몸으로 받아내야 했던 것, 그것이 원인일 것이다. 하지만 너무나 벅찼다. 나에게 날아드는 칼과 화살이, 게다가 독까지 바른 그것들을 받아내기란 너무나도 벅찼다.

"주님. 제발 저를 데려가 주세요. 이렇게 간절히 빕니다. 욥처럼, 아니 욥보다 더한 죽음의 병을 저에게 주시고 저를 데려가 주세요."

나는 엄마가 돌아가신 후 천주교 신자가 되었다. 세례를 받을 때 마땅한 세례명이 떠오르지 않던 찰나에, 개신교 신자인 친구 녀석과 대화 중에 성경 속 '욥'이라는 인물을 알게 되었다. 욥은 하느님과 사탄 사이에서 하느님의 시험을 받아 가족과 재산을 빼앗기고 그것도 모자라 병까지 얻은 인물이다. 그런 욥은 나중에 하느님께 그 시험에 대한 보상을 톡톡히 받는 인물이다.

문득 나는 그 성경 속 욥과 내 인생이 참 닮아 있다고 생각을 하게 되었다. 그러면서 나의 세례명은 '욥'으로 정하고 세례를 받았다. 그리고 매주 미사 시간이면 나는 주님께 나를 죽여달라고 간청했다.

엄마의 친정 식구들과 인연을 끊고 지낸 지 8년, 그 8년이 지난 늦은 저녁에 갑자기 창민이로부터 전화가 왔다. 잠자리에 눕자마자 온 그의 전화를 나는 받지 않았다. 분명 전화를 받으면 내 입으로 죄를 짓게 될 것이고 그와 싸우게 될 것이다.

[전화하지 마. 싸우기 싫다. 난 너희 이 씨들과 인연을 끊은 지 오래니까. 내 돈이나 갚아라.]

그러고 문자 메시지를 보낸 후 다시 잠을 청했는데, 8년 만에 내게 전화했다는 것이 너무나도 궁금했다. 그래서 혹시나 하고 며칠 전에 칠순 잔치하셨다던 둘째 이모에게 전화를 걸었다. 아니나 다를까 그때 저녁 식사 후 창민이를 앉혀놓고 나와 있었던 일을 추궁했던 모양이었다. 그때 그가 고분고분히 내가 한 말에 대해서 맞다고, 그리고 내게 돈을 빌린 것도 사실이라고 인정했고, 사과를 하라는 말에 순순히 알았다고 했다는 것이다.

믿어지지 않았다. 악마의 아들이 순순히 자신의 악행을 인정할 리가 없는데 그렇게 순순히 탈을 벗고 순한 양이 되었다는 사실이 믿어지지 않았다. 그리고 나의 예상은 한치도 빗나가지 않았음을 머지않은 시간에 확인할 수 있었다. 다음 날 아침에 핸드폰을 열어보니 핸드폰 속에서 그 녀석이 내가 보낸 문자의 답장으로 난리를 쳐놓은 것이다. 게다가 창한이 형의 부재중 전화 기록까지. 분명 그 둘은 같이 모의 작당을 하고 있는 것이 분명했다.

[아직도 그 소리 하냐? 왜 그러고 사냐? 지질이 새끼야. 전화는 왜 못 받냐? 용기가 없어? 그래. 넌 그 시골에서 평생 그지처럼 살아라.]

나는 긴 한숨을 내쉬었다. 그리고 끓어오르는 분노를 참지 못하고 주님을 향해서 울분을 토해냈다.

"주님. 왜 저를 시험을 하십니까. 제가 무슨 잘못을 저질렀기에,

저의 죄가 얼마나 크기에 저를 이토록 시험을 하십니까."

 내가 무당 아들이라서, 무당 아들은 받아주지 않으시는 것일까? 나는 엄마가 돌아가시고 나서부터는 단 한 번도 부자가 되고 싶은 마음은 없었다. 그저 남들처럼 평범하게 행복을 누리고 싶었다. 남들처럼 기간제가 아닌 정상적인 직업을 갖고, 연인과 사랑을 나누고, 가족을 이루고, 그 가족들과 행복하게 사는 것. 그저 평범한 삶을 원했다. 무당의 아들인 나는 이런 것들을 누려서는 안 될 과분한 것인가? 내 머릿속에는 온통 그런 부정적인 생각들뿐이었고, 내 주변 사람들은 그런 부정적인 생각에 연신 기름을 들이붓는 사람들밖에 없는 것같이 느껴졌다.

 그날 오후, 나는 끓어오르는 분노를 참지 못했지만, 그 나이 어린 녀석은 마치 날 놀리기라도 하듯이 내 번호를 차단하고 내가 아무리 문자 메시지를 보내도 문자 메시지 앞의 숫자 1은 없어지지 않았다. 결국 나는 그 화살을 다른 곳으로 돌렸다. 바로 창한이 형이었다.

 창한이 형은 내가 보낸 문자에 그때 혁이 삼촌과 내 어머니의 영정 앞에서 욕지거리하며 싸운 것에 대한 사과와 함께 통화를 원한다는 메시지를 보내왔다. 나는 그 단 한마디의 사과 때문에 내 화가 잠시 누그러들었고, 그와 전화 통화를 했다.

 그는 나와의 전화 통화에서 연신 사과를 했다. 그리고 어떻게 말을 해도 핑계밖에 안 되겠지만 그래도 말을 한다며 말을 꺼냈다.

- 그때 상황이 어떻게 된 것이었냐면, 너에게 전화를 받고 현장에 제일 먼저 도착한 것은 바로 나였어. 너는 정신이 없었겠지만 말이야. 그리고 얼마 후 혁이 삼촌도 도착했지. 그런데 혁이 삼촌은 너희 집에 들어가지도 않고 마당에서 내게 계속 명령하듯 지시했어. 과학수사대가 와서 검시 후에 보고받는 일도, 그리고 조사를 위해 문답을 하는 일도 모두 내게 맡기는 거야. 지금이야 8년이나 지났지만, 그땐 나도 어렸어. 솔직히 그런 건 어른들이 해야 하는 것이 맞는 거 아니니? 그런데 그뿐만이 아니었어.

그렇게 형의 기나긴 설명이 시작됐는데, 나는 그의 말을 듣는 내내 분노에 휩싸였다. 아무리 그래도 자기 누나가 아닌가? 그리고 우리들보다 어른이 아니었던가? 분명 젊은 우리보다 이런 일에 쉽게 대처할 수 있을 것이고 경험도 없지 않아 있을 것이다. 최소한 우리 젊은 어린 사람들보다 더 상황판단 능력이 뛰어날 것이다. 아니, 최소한 혁이 삼촌은 여태까지 그런 사람이었다. 상황판단 능력으로 보나, 유사시 일을 처리하는 과정과 결과로 보나 너무나도 이런 일에 있어서는 적임자가 분명했다.

- 그뿐만이 아니라, 장례식장에서도 마찬가지였어. 일 처리하는 것을 하나하나 나를 다 시키는 거야. 자기는 부조금을 받으며 돈과 관련되어서 욕을 먹기 싫다며 그 자리에 날 앉히질 않나, 경찰서에 왔다 갔다 하며 사건 정리하는 것을 그것도 아무것도 모르

는 날 시키면서 자기는 일언반구도 없고, 그런 상태에서 우리 아빠와 혁이 삼촌의 마누라하고 싸웠지. 그래. 우리 아빠도 잘한 것이 하나도 없어. 인정해. 게다가 혁이 삼촌이랑 우리 아빠랑 싸우지. 너는 안 그래도 멘털이 나가 있는 상태인데 그런 꼴을 보고 부들부들 떨어대고 있지. 특히, 고모 영정사진 앞에서 슬퍼하는 것도 벅찬 네가 분노에 휩싸여서 부들부들 떨어대는 모습을 보니까. 정말 참을 수가 없더라. 그래서 그러지 말아야 했는데, 폭발하고 말았다. 이해해 달라고는 하지 않을게. 네 말이 맞아. 어찌 되었든 나는 고모의 마지막 가는 길을 망친 장본인이 되어버렸으니까. 진심으로 사과한다. 네가 날 욕을 해도 나는 네게 할 말이 없다. 재성아.

그의 말을 듣고 나는 또다시 8년 만에 눈물이 폭포수처럼 쏟아져 버렸다. 목을 놓고 울어대면서 땅바닥을 내 손으로 내려지면서 악다구니를 질러댔다. 그는, 아니 엄마의 형제들은 하나같이 모두 악마로 느껴졌다. 아니, 그들은 악마다.

최근에 어떤 목사님이 TV에 나와서 "독사 같은 자들아."라는 말을 쓰는 것을 봤는데, 형의 말을 듣고 나니 그 말이 내 머릿속에 들어차서 메아리치듯, 내 입 밖은 물론이고 내 머릿속에서도 그들을 향해 '이 독사 같은 새끼들아!!'라며 악을 질러댔다.

나는 창민이에게 빌려준 그 돈 100만 원을 기어코 받고 싶었다. 하지만 창민이가 날 차단한 이상, 더 이상 어쩔 도리가 없었다. 그래서 생각한 끝에 그날 저녁, 8년 만에 혁이 삼촌에게 전활 걸었다.

"오늘은 싸우려고 전화한 것이 아니라, 정중히 부탁 하나 하려고 전화했어요."

- 부탁? 뭔데?

"저는 솔직히 지난 8년간 가만히 있었거든요? 근데 댁네 아드님께서 가만히 있는 날 자꾸 건드네요?"

이렇게 시작했다. 내가 할 수 있는 한 최대한 정중하게 그를 대했다. 속에서 '이 독사 같은 새끼야.'라고 백 번도 천 번도 더 외쳐댔지만, 겨우겨우 참았다. 그러나 나의 그런 노력은 역시나 모두 헛된 짓으로 돌아가고 말았다. 이번에도 역시 돈 이야기가 나오자 그때부터 또다시 나를 긁기 시작했다.

- 그래? 그래서 나보고 어쩌라고? 내가 빌렸니?

"그러니까요. 창민이하고 저하고 사이에서 중재 역할 좀 해달라고 부탁하는 거잖아요."

- 그 돈을 왜 줘야 하니? 응? 이해가 안 간다? 솔직히 빌린지도 잘 모르겠고~

"참~ 입금 내역도 있고, 최근엔 둘째 이모와 그 아들 앞에서 100만 원 빌린 게 맞다고 창민이 입으로 스스로 말을 했어요."

그랬더니 그는 60살이라는 나이가 도저히 믿기지 않을 정도의 철없는 발언이 이어졌다.

- 그래? 그럼 소송해. 법대로 해. 그럼 되잖아?

 돈 100만 원을 가지고 소송을 하라니. 너무나도 어이가 없었다. 그때부터, '아 이 인간들은 말이 안 통하는 존재들이구나.'라는 생각에 나도 막 나가기 시작했고, 결국엔 그가 먼저 내 전화를 끊어버렸다. 그리고 난 분노를 참지 못하고 계속 전화를 걸었고, 어느 순간 또 내 전화를 받더니 이번에도 나이가 60살이라는 사실이 도저히 믿기지 않는 철없는 소리가 그의 입에서 뱉어져 나왔다. 내 전화를 받더니 아주 얄밉고 공손한 척하는 목소리로 변해서는

- 아. 예~ 스토커로 신고합니다. 계속 지껄여 보세요. 스토커로 신고합니다. 아아아 아아아 안 들린다. 스토커로 신고합니다.

 나이 60살 먹은 못된 앵무새 같았다. 그런 그의 철없는 반응을 듣고는 헛웃음이 나왔다. 내가 이런 인간을 두고 대화를 시도하려고 했다니, 나는 전화를 끊고 내 머리를 내가 쥐어박으며 분통이 터져 나 자신에게 말했다.
 "이그!! 병신아. 이그!! 병신아. 병신아!! 왜 사냐!!"
 나는 그 이후로 며칠 동안을 이들에게 어떻게 해줄까? 생각을 했다. 그런데 아무리 생각을 해도 지금의 나로서는 그들을 어찌할 도리가 없었다. 왜 주님은 이런 자들이 잘 살도록 내버려두시는 걸까? 나는 주님이 나의 편을 들어주실 거라고 확신을 했었지만,

주님은 끝끝내 그들의 편을 들어주고 계시는 것같이 느껴졌다.

그리고 나는 생각 끝에 그 악마 같은 이들의 이야기를 내 어머니 앞에 바치는 이 글에 남기기로 했다. 그들의 악행을 글로 남겨 언젠가는, 누군가는 내 글을 읽어주고 내 감정에 공감해 주고, 내 눈물에 공감해 주며, 같이 글 속의 재성이가 되어 그들을 같이 욕해주길 바라는 것. 그것이 글쟁이인 내가 할 수 있는 최선의 복수가 될 것이라고 믿으며 말이다.

글을 마치며

> "제 모든 걸음에 함께 계셨습니까?
> 제 온 생을 이렇게 흔드는 이유가 진정 있으신 겁니까?"
>
> — 〈미스터 션샤인〉 대사 中

 나는 늘 성당에서 이런 식으로 기도한다. 나와 엄마의 인생은 왜 이렇게 되어야 했는지. 하느님을, 예수님을 믿지 않아서 그렇게 만드셨는지.

 나는 날마다 내 인생을 책임져 달라고 기도하고, 또 기도했다. 하지만 기도하지 않았던 자의 기도는 들어주지 않으시는 것 같다.

 그래서 난 늘 벼랑 끝에 서서 세찬 바람에 흔들리고 있다. 주님이 내 옷자락을 붙잡아 주시고 계신다고 믿고 있긴 하지만, 사실대로 말하면… 힘들다.

 나도 희망을 갖고 싶고, 행복을 갖고 싶다. 평범하고 싶고 사랑받고 싶고, 사랑을 주고 싶다. 슬프면 기대고 싶고, 즐거우면 같이 웃고 싶다. 저녁때가 되면 가족들과 같이 먹고 싶고, TV 드라마를 보며 같이 욕하고 싶고 공감하고 싶다.

　평범하지 않게 살아온 자의 희망. 그저 평범하게 살고 싶다. 그럴 수 있을까? 무당을 엄마로 둔 아들에겐 너무나 과분한 기도였던가?

　이 글을 쓰면서도 내 이 작은 글재주가 약간이라도 빛이 나길 고대하며….

무
당
엄
마

초판 1쇄 발행 2024. 11. 1.

지은이 김재성
펴낸이 김병호
펴낸곳 주식회사 바른북스

편집진행 황금주
디자인 김민지

등록 2019년 4월 3일 제2019-000040호
주소 서울시 성동구 연무장5길 9-16, 301호 (성수동2가, 블루스톤타워)
대표전화 070-7857-9719 | **경영지원** 02-3409-9719 | **팩스** 070-7610-9820

•바른북스는 여러분의 다양한 아이디어와 원고 투고를 설레는 마음으로 기다리고 있습니다.

이메일 barunbooks21@naver.com | **원고투고** barunbooks21@naver.com
홈페이지 www.barunbooks.com | **공식 블로그** blog.naver.com/barunbooks7
공식 포스트 post.naver.com/barunbooks7 | **페이스북** facebook.com/barunbooks7

ⓒ 김재성, 2024
ISBN 979-11-7263-821-4 03810

•파본이나 잘못된 책은 구입하신 곳에서 교환해드립니다.
•이 책은 저작권법에 따라 보호를 받는 저작물이므로 무단전재 및 복제를 금지하며,
이 책 내용의 전부 및 일부를 이용하려면 반드시 저작권자와 도서출판 바른북스의 서면동의를 받아야 합니다.